MENTIROSOS

Sarah Manguso

▬

Mentirosos

Traducción del inglés de Julia Osuna Aguilar

ALPHA DECAY

En el principio yo era solo yo. Todo lo que me ocurría a mí, pensaba, era solo mío.

Después me casé con un hombre, como hacen las mujeres. Mi vida se volvió arquetípica, un teatro travestido de familia nuclear. Me vi enredada en una historia que ya se había contado diez mil millones de veces.

Pero antes de todo eso, de vuelta en el principio, recuerdo mirar por la puerta abierta de mi piso y ver aparecer la cabeza de John, que subía por las escaleras, y entonces, paso a paso, cada vez más y más de él.

Que es cuando dije: *¡Existes!*

Que fue mi primer error.

———

Aquel verano yo estaba cuidando de la casa de unos amigos en el norte del estado y dándole buen uso a su chimenea.

Daba paseos por la ribera del Hudson y a veces nadaba en sus aguas. Los lugareños contaban que removiendo un poco el lecho del río podías encontrar granates, pero yo no conseguía encontrar ninguno, así que intenté escribir poemas sobre no encontrarlos.

Hacía como si la casa fuera mía, la tuviera ya pagada y viviera allí sola. Hacía como si tuviera cincuenta años y hubiera publicado muchos libros traducidos a muchos idiomas. Me imaginaba seduciendo a los hermosos jóvenes que instalaban antenas parabólicas y arreglaban coches y vivían en los establos reconvertidos en casitas de mis vecinos.

La casa aquella no tenía antena parabólica y en el único cine del pueblo solo ponían taquillazos insustanciales que se habían estrenado hacía meses en la capital. A finales de junio, de pronto, se celebró un festival de cine en el pueblo.

La recepción que hubo la noche que empezó era la primera fiesta a la que asistía desde hacía mucho tiempo, y me acerqué a presentarme al director canadiense que había hecho la película que más me había gustado. La acción se desarrollaba a los pies de una montaña a lo largo de varios siglos. El último plano era solo paisaje. Era sereno y franco. Se parecía a él. Él se llamaba John.

Nos tomamos dos copas juntos y luego lo seguí a su habitación en el hostal del pueblo, donde vi todas las cosas que había cosechado en los tres días que llevaba allí: tazas con tinto reseco en el fondo o un centímetro de café con leche cortada; libros de la biblioteca pública de Nueva York con el plazo vencido, piedras del río, baratijas compradas en un rastrillo y toda la corteza de abedul que había encontrado por el suelo en esos días y, por lo visto, había por todas partes. Yo no había cogido ningún trozo. Porque había por todas partes.

Era de noche y a mí me daba miedo la oscuridad: la oscuridad de verdad, la del campo. En la ciudad no existe la oscuridad por mucho que hablemos de callejones oscuros o discotecas oscuras. Esos son solo oscuros de ciudad. En el campo, si coinciden ciertas circunstancias de luna y clima, la oscuridad puede no tener fondo. Yo nunca había visto una oscuridad así, pero John era de Alberta y no le molestaba. De hecho, parecía encantado. Esa primera noche no lo cogí de la mano en la oscuridad, pero sí que lo enganché del brazo y me guio de vuelta a mi casita en plena noche.

En la semana que siguió, él fue a diario a dejarme en el buzón una nota en corteza de abedul, y a mediados de esa misma semana empezamos a follar y ya no paramos en casi quince años.

Intenté comprender esa primera voracidad tan feroz pero no lo conseguí. Procedía de algún punto más allá de la razón.

Él tenía la mirada serena y despreocupada de quien lo ha visto ya todo. Esos ojos, esas extremidades recias, el escandaloso brote negro de vello púbico. Olía a cedro. Le pregunté si eso le pasaba a menudo, porque a mí nunca me había pasado. *No así*, contestó.

Él dijo que en los siguientes dos años quería hacerse un nombre, sanear sus finanzas y conseguir galerista para su obra fotográfica. Yo quería publicar un poema tamaño libro y encontrar algún trabajo de docente que me permitiera optar a una plaza de titular.

Él quería ganar el premio de la Akadimía, que consistía en una residencia de un año en Atenas, donde podría vivir en una hermosa villa y trabajar en un espacioso estudio mientras unos cocineros te hacían la comida. Me dijo que yo también debería intentarlo; todos los años concedían residencias a dos artistas plásticos, dos escritores, dos arquitectos, dos medievalistas, y así en otras categorías.

Me sentía muy insulsa cuando recordaba que John escribía, dibujaba, hacía fotografía y dirigía películas, mientras que yo solamente sabía escribir. Me preguntaba si, estando con él, no me sentiría una fracasada. Pero entonces me recordaba a mí misma que él era un hombre que pensaba con claridad, sentía hondo, trabajaba duro, se dedicaba al arte, era moreno y guapo, y quería casarse conmigo. Yo había pedido a la carta y me habían traído todos mis deseos.

Contaba que había estado saliendo con dos mujeres a la vez, durante un año, y que las dos se habían enterado de lo de la otra.

Contaba que su última relación había muerto de una muerte lenta y había acabado en una amistad cautelosa, aunque yo sabía que todavía podía estar ahí, removiéndolo.

Contaba que había sabido en el acto que pasaría el resto de su vida conmigo. Luego añadió: *A eso se le llama mostrar la mano o poner las cartas sobre la mesa*, y entonces yo dije: *Me caso contigo de cabeza.*

———

Una vez que volvimos a Nueva York, donde ambos vivíamos —en la misma línea de metro, todo un milagro—, nos veíamos en su piso o en el mío. El suyo estaba en una ruinosa casa dividida en apartamentos en un barrio al que todavía no había llegado la gentrificación; todos sus vecinos eran octogenarios. Su piso, un ático de planta abierta, estaba salpicado de jarrones de cristal provenientes de mercadillos, piedras y conchas marinas, una vieja edición de Poe con mordisquitos de polillas de los libros. Se agachó entre unas estanterías que había hecho él, conectó algo en el enchufe de la pared y luego levantó la vista para buscarme la mirada. En un jarrón naranja traslúcido del tamaño de una piña, acababa de encenderse una bola de luces de Navidad enrolladas.

John me dijo que teníamos que ser discretos cuando paseábamos por su barrio. Todavía no le había contado lo nuestro a su exnovia, a lo que yo le contesté que no lo veía nada bien, así que me hizo caso y acabó rescindiendo la norma.

Pero Naomi seguía llamándolo todas las noches. Según él, ella tenía ideas suicidas y era responsabilidad suya salvarla.

Es que... es inestable, dijo, y la pausa hizo que la segunda parte de la frase sonara más siniestra, más peligrosa.

Yo le dije que estaba poniendo los sentimientos de ella por encima de los míos. Le dije que su exnovia no podía controlar nuestra relación con sus llamadas y sus amenazas de suicidio y le pedí que limitara su comunicación con ella.

Yo no podía dormir si había alguien tocándome, pero John no podía dormir si no me tenía abrazada. Bien apretada.

Ojalá fuera más como tú, me dijo.

Entonces descubrí su perfil en Friendster, en el que se había logueado en las últimas veinticuatro horas y en el que se presentaba como un soltero de treinta y cuatro años.

Mi madre me dijo que John no estaba preparado para sentar cabeza de inmediato porque no esperaba conocerme a mí.

Luego John me escribió por correo y me dijo que Naomi se había enterado de lo nuestro, y que iba a ir ese fin de semana a su casa para la ruptura definitiva, tras lo cual él cambiaría el perfil.

Yo le contesté: *No pienso derrumbarme y cortar contigo. Vas a tener que trabajar muy duro y esforzarte mucho para sabotear esto. No es imposible, pero no creo que tengas agallas. O al menos eso espero, de verdad que espero que no.*

Lo firmé: *Te quiere, Chuchú. Chuchú*, el apodo cariñoso que nos decíamos mutuamente y que derivó de «chucho» desde bien temprano en la relación. John, mi tierno husky siberiano.

Esa noche vino a verme, hecho polvo por otra cosa: una amiga había perdido el rompecabezas de su padre fallecido y le había comprado otro de segunda mano para reponérselo, pese a que él le había pedido que le comprara uno nuevo, y entonces ella le había mentido y le había dicho que eso no era verdad, que él nunca se lo había dicho. Lo acaricié y le masajeé la espalda mientras escuchaba su tristeza y me dio la sensación de que él estaba aprendiendo algo.

A la mañana siguiente se puso a desmontar, muy sexy él, mi vieja impresora de inyección, en busca de piezas para un robot que quería fabricar para un proyecto fotográfico. Yo estaba revisando una reseña que había escrito. El correo llegó a media mañana. Casi todo publicidad. Dos revistas. Una carta.

Dejé las revistas en la mesa, tiré la publicidad en la basura bajo el fregadero y abrí la carta de la Akadimía. Cuando leí que me habían concedido el premio de la Akadimía me quedé helada, sabiendo que tendría que disimular el orgullo que sentía cuando se lo contara a John. *Ojalá yo tuviera tanto éxito en mi campo como tú en el tuyo*, me dijo sin emoción en la voz. Dejó entonces las herramientas y me sacó a tomar un *brunch*. Esperamos cuarenta minutos de cola para una mesa mientras ambos lo pasábamos mal: él por no haber conseguido la beca de fotografía, y yo, deseando habernos quedado en casa comiendo unas gachas de avena gratis.

———

Quince años antes de eso, cuando estaba estudiando en la facultad, me puse un abrigo de piel que me había comprado por diez dólares en una tienda de segunda mano. Era de astracán y el pelo estaba despegándose ya del pellejo. Cuando se caía algún jirón de pelo, yo coloreaba el pellejo con unos rotuladores permanentes negros que olían fatal. Era un truco que me había enseñado mi madre.

Me apunté al coro, donde me daban una ayuda de seiscientos dólares al semestre. Trabajaba como ayudante de investigación de un doctorando que me pagaba once dólares la hora.

Por las tardes ordenaba libros en la biblioteca de música, donde cobraba el salario mínimo, cuatro dólares con veinticinco la hora.

Una noche me choqué en el comedor con un compañero de clase que trabajaba en la cocina. Le derramé encima el zumo de uva de mi vaso de plástico y le manché la chaqueta blanca de cocinero que tenía puesta. Me ofrecí a pagarle la tintorería, pero la chaqueta iría directamente a la lavandería de la facultad. Sin embargo, tenía la necesidad de pagar algo; tener dinero me hacía sentirme culpable.

Cuando un día alguien se refirió de pasada a mi educación pija de colegio femenino privado de Manhattan, yo le conté con orgullo que en realidad había ido a un colegio público de Massachusetts. Pareció impresionado por lo bien que se me daba hacerme la rica. Él era de Ohio. Yo era una mentirosa, solo que todavía no lo sabía.

————

John y yo fuimos juntos a la primera reunión de la promoción de la Akadimía de ese año. En torno a una gran mesa habían dispuesto sillas a intervalos regulares, cada una con una pila de folios delante. John se sentó a mi lado. El resto de los cónyuges y las parejas se sentaron en las sillas que había pegadas a la pared.

Avergonzada, no dije nada. No quería que él se sintiera insultado. *¿Es mucho pedir un sitio a la mesa?*, me habría respondido. *Pero es que el resto de los acompañantes están en las sillas de la pared*, habría respondido yo. Luego me habría dicho que era una tontería de discusión, que un hombre se sentara en una silla cuando podía sentarse en otra, que por qué estaba haciendo yo un problema de eso, que qué me pasaba. John haría lo que quisiera, yo estaba loca, él tenía una loca por novia. A la que, aun así, él quería, profundamente. Esa noche salió y no llamó para avisar de que llegaría tarde. Por la mañana me dijo que había ido *a tomar un trago*, una frase que a mí me echaba para atrás. No me gustaba nada la persona en la que se convertía John cuando bebía, atormentada por la idea de no ser lo suficientemente inteligente, capaz tan solo de contarle al primero que pillaba lo buen estudiante que había sido en su tiempo.

Tenía resaca y no recordaba de qué había hablado con sus alumnos de posgrado, pero seguramente había vuelto a contarles cotilleos sobre sus compañeros mientras los estudiantes disimulaban sus risitas. Cuando le dije que no podía seguir haciendo eso, se rio de mí.

––––––––

En septiembre me fui con tres maletas a Grecia para disfrutar de mi beca de la Amerikanikí Akadimía de Atenas. John se quedó en Nueva York un par de meses, trabajando y ahorrando y —me fustigaba por pensarlo—, amargado por no haber ganado él la beca. Una noche yo tenía el cuello y los hombros muy tensos, necesitaba un masaje a toda costa y varios de los becados vinieron a verme a mis habitaciones de la mansión. Me masajearon el cuello y me hablaron con dulzura.

Todas las mañanas, después de ducharme, vestirme y repasar mis cejas parcheadas con un lápiz de ojos, bajaba a la cafetería. El camarero era capaz de comunicar frases enteras utilizando solo la mirada. No movía la boca para nada. Sabía que yo quería un *makiato* antes incluso de que yo estuviera lo suficientemente despierta como para hablar griego o cualquier otro idioma.

Gritaba los nombres de quienes osaban dejar el café en la barra más de diez segundos, tiempo tras el cual los posos empiezan a caer hacia el fondo del vaso y el trago se echa a perder. Yo siempre pegaba un bote para ir a coger el mío, con el paso apresurado de una esposa diligente. Cuando me lo bebía, le daba al camarero una moneda de dos euros y él estampaba el cambio sobre la barra de mármol (normalmente unos treinta o cuarenta céntimos a pesar de que siempre me pedía el café con un trozo de *bugatsa).* Cuando una mañana me devolvió cincuenta céntimos, pensé que tenía su visto bueno.

Cuando John llegó era casi invierno. Lo conduje por la entrada, dejamos atrás la fuente y subimos por la escalinata de mármol. Luego empujé la enorme verja de forja para abrirla y entramos en la explanada central. John se quedó mirando alrededor mientras yo lo observaba asimilar todo. En los muros ocres había incrustadas piedras con miles de años de antigüedad. Era una segunda capa, un nivel superior, de conocer el sitio. *Uau,* dijo. Aquello me llenó por dentro. Llevábamos un año juntos.

―――――

John se ponía de mal humor, obsesionado con sus infructuosas solicitudes de becas. *A lo mejor no puede uno ser un tipo tranquilo y relajado y a la vez triunfar como artista,* dijo.

En el principio, todo lo que lo rodeaba relucía, pero, conforme pasó el tiempo, me fijé en que utilizaba la palabra *phenomena* como si fuera singular, no sabía deletrear la palabra *necessary* y no era capaz de escribir un párrafo coherente. A su lado, yo era brillante. A mi lado, él era guapo, encantador y de entrada capaz de disimular todas las cosas que, en mi corazón mezquino y calloso, me hacían considerarlo inferior.

Me tendí desnuda en la cama y John se pasó el día dibujándome, la jornada salpicada por relaciones a cada tanto. Me corrí en su boca, lo cabalgué, le dejé tirarme del pelo, luego volví a correrme mientras él me tocaba y al mismo tiempo se corría en mi boca. Al final del día preguntó: *¿Crees que podríamos llegar a aparecer en los anuncios de bodas del* New York Times*?*

En la cena, el pintor dijo: *Pareces otra persona totalmente distinta desde que John está aquí. Yo diría que eso significa que tenéis una buena relación.*

Sin ser consciente, había empezado a restringir el material que llegaba a mi diario. Me había vuelto incapaz de articular ciertos sentimientos. De ahí que el cuerpo se me convirtiera en su placa de Petri.

————

Una tarde que cuidamos del crío pequeño del pintor, la mujer de este me dijo: *Yo no sé qué importancia le darás tú a tener mano con los niños, pero John desde luego se lleva un diez en esa categoría.*

Esa noche John me preguntó: *¿Es un consuelo para ti saber que yo siempre he dado por hecho que nos casaríamos?*, para un momento después decirme que no quería ser la pareja sin éxito de la persona con éxito. Luego se disculpó y me dijo que solamente quería ser sincero. *Ha sido muy valiente y considerado por tu parte decírmelo,* le respondí.

Me apunté a clases complementarias de conversación de griego con un par de compañeros del programa. John había estado faltando a las normales. Cuando le dije que yo iba a ir a otra tanda de clases sin él, se sentó y se puso a llorar en silencio, sin mover la cara. Las lágrimas le goteaban mandíbula abajo. Me quedé descolocada.

Esa noche había una fiesta con baile. Me fui a la cama a la una de la mañana. John me dijo que se quedaría solo un cuarto de hora más y acabó volviendo tres horas después. Por la mañana, se lo veía arrepentido y asustado.

Una semana después, el compañero de fotografía me enseñó unas fotos de la fiesta, incluidas dos en las que John y la especialista en cultura clásica aparecían como a punto de liarse. Conmocionada, le pregunté a John cómo se sentiría él en mi lugar. *Triste, herido, enfadado.*

Pero qué gracioso era. La mujer del pintor volvió a quedarse embarazada y entre todos le hicimos una tarjeta de felicitación. John escribió: *¡Buena suerte! La última vez que tuve un crío todavía te dejaban beber y jugar a las cartas en el paritorio. Yo estaba tan ciego que aposté a que los Browns de Cleveland ganaban el derbi de Kentucky.*

A los miembros del programa nos invitaban de vez en cuando a dar una charla o a montar una exposición en países como

España, Alemania o Eslovenia. El pintor y su mujer estaban decidiendo si dejar la Akadimía para hacer un viaje de investigación por Marruecos. La mujer no tenía muy claro si le apetecía ir. *Somos un equipo*, le dijo el pintor. Ella y el crío lo acompañaron.

––––––

Mi mejor amiga, Hannah, estuvo trece años casada con su primer marido. La conocí porque le mandé a través del redactor de una revista una carta en la que elogiaba su obra y nos hicimos muy amigas desde el primer momento.

Una noche fuimos los tres a una fiesta, Hannah, su marido y yo, y ella se fue antes que nosotros. Luego, mientras esperábamos el autobús juntos, él se encendió un cigarro. Se fumó la mitad, lo tiró al suelo, se echó espray de menta para el aliento, desenvolvió un chicle, lo mascó, se sacó un frasquito de gel alcohólico del abrigo y se lo echó por las manos y los antebrazos, todo ello en mi presencia, con lo que me hizo partícipe de un secreto. Con lo que me puso a prueba para ver si yo mentiría por él.

Hannah acabó divorciándose de él mientras yo estaba en Grecia. Ella sabía mucho más que yo sobre estar con un hombre. Nada de lo que le contaba yo la sorprendía. Los contornos de su vida se extendían más allá de las lindes exteriores de la mía. Se estuvo quedando en mi piso en mi ausencia y me recordaba constantemente que mi vida con John era normal.

––––––

En el almuerzo John se puso a criticar a James Joyce, algo que solía hacer cuando se desesperaba porque su obra no tenía el eco que a él le habría gustado que tuviera en el mundo. Luego se fue andando al centro con otros compañeros. A mí no me apetecía ir. *Somos un equipo*, me dijo, y luego se fue sin mí.

En vez de llamarme y decirme dónde iban a cenar para que me uniera a ellos, me mandó un correo desde un cibercafé, pero yo no tenía acceso a mi correo porque él había descargado una película desde mi dirección IP y nos habían vetado del servidor por utilizar demasiados datos. En vilo, el corazón me decía que John había simulado contactar conmigo pero en realidad solo había querido castigarme. Me pasé tres horas angustiada y después me encontré con todos los bares cerrados y sin nada que cenar.

Preparé la cama plegable en mi estudio.

John me despertó a las dos de la mañana y discutimos con gritos susurrados. A las cuatro volví al dormitorio, harta de todo. John me abrazó al instante como una lapa y se quedó dormido. Por la mañana se fue sin decirme adónde iba. Achicando agua, aguardando la muerte, qué interesante lo rápido que había desaparecido el futuro. Me pregunté qué me esperaba ahora.

———

La noche de mi cumpleaños estaba a la mesa de mantel blanco de la Akadimía pensando *A lo mejor alguien me pone una vela en el cassato*. La sala se oscureció entonces. Todos levantamos la vista y vimos a John y a los cocineros entrar al comedor llevando un carrito con una tarta helada gigante. En los seis meses que habían pasado de los diez que duraba la beca, no le habían hecho una tarta de cumpleaños a nadie. Todos me cantaron. A la mañana siguiente nos enteramos de que el director estaba muy indignado porque John no había pedido permiso para secuestrar la cocina. No importó. Todos los que trabajaban en la cocina adoraban a John.

Mientras todos comíamos tarta, el cineasta contó que él, consciente de que no podía permitirse un buen anillo, había comprado uno barato y había llevado a su mujer a comer a un restaurante al salir de casarse en el juzgado.

Esa noche nos quedamos los dos en la cama, yo escribiendo y John dibujando, cada uno en su cuadernito, totalmente aislados de todo, incluso del otro; tenerlo ahí a mi lado, sin embargo, parecía calmarme el sistema nervioso autónomo. Me encantaba.

John dijo: *Este año hemos recibido bastante validación externa de que funcionamos bien como pareja.*

Yo no quería dejar mi piso de Nueva York hasta que estuviéramos prometidos de verdad, así que John me dijo: *Amada mía, ¿querrías ser mi esposa?* Y yo le dije que sí. Y que no necesitaba ningún anillo caro.

Él dijo que nos prometeríamos de verdad para Navidades. Y que si no lo hacíamos antes era porque no podía permitirse un anillo. Luego encargó otras seis camisas hechas a medida.

———

El día antes de volver a casa, tras una asfixiante caminata de vuelta a la villa en pleno verano ateniense, nos peleamos. Yo lo acusé de llevarme la contraria solo por puro vicio. Como hacíamos siempre que discutíamos, luego nos pusimos a pasar revista y a especular sobre las relaciones de nuestros amigos, describiéndonos muy amorosamente el uno al otro los miles de defectos ajenos.

Luego me metí en la fuente sin quitarme el vestido negro que llevaba y me quedé haciendo el muerto y viendo las nubes pasar deprisa por el cielo nocturno. John me miraba nadar y reía. Recé por poder recordar la alegría de ese momento el resto de mi vida.

———

De vuelta en Nueva York, dimos una fiesta. La ex de John, Naomi, se presentó vestida con un traje de noche con la espalda al aire y sin sujetador. Se pegaba demasiado a John, mirándolo a los ojos y rozándose contra él cada vez que podía.

Es cosa solo de ella, tú déjalo estar, me dijo John después de la fiesta. *Ella no va a parar hasta que tú no le pongas claros los límites*, repliqué. *Yo te quiero y no necesito que ningún obstáculo inútil se interponga en mi amor.*

Al día siguiente me escribió una nota: *Voy a trabajar activamente en esto. Gracias por decírmelo. No quiero que dudes nunca de que mi amor eres tú. Porque lo eres.*

———

Me crie medio loca, viviendo con gente que estaba más que medio loca, y me fui de casa y estuve diez años pagándome un psicólogo y escogía, una y otra vez, a la persona equivocada, y cuando alguno medio merecía la pena, pasaba de él porque creía que yo solo merecía gente malograda, y que mi destino era estar sola en esta vida, y no compartí casa con ninguna pareja hasta los treinta y cuatro años, cuando me fui a vivir con un hombre que me dijo que me pediría matrimonio en Navidad, y yo lo creí porque llevábamos dos años juntos, y le presté ocho mil dólares para una película y al final no me pidió matrimonio en Navidad, y luego cumplí treinta y cinco.

Cuando todavía me debía esos ocho mil dólares, John me pidió prestado más. La vergüenza que yo sentía era como una fiebre. Me dijo que le pediría dinero a su madre. Y luego encargó una lámpara de doscientos dólares por internet.

Sola en un hotel de un pueblo perdido en el que iba a dar un recital de poesía, me di un baño, me acaricié, dormí sola en una cama gigante y me sentí relajada por primera vez en semanas.

Luego me di cuenta de que me gustaba trabajar cuando John no estaba.

Luego me di cuenta de que me lo pasaba mejor en las fiestas cuando iba sin John.

La noche que volví a casa, mientras follábamos, John me pegó, jugando, un cachete en la cara, pero me dio demasiado fuerte y yo estallé en sollozos, tan sorprendida como lo parecía él. Después, casi dormida, me oí decir: *Eres lo mejor que me ha pasado en la vida.*

A la mañana siguiente me compré, por cincuenta y cinco dólares, un vestido de seda de segunda mano, color crema, para el día que nos casáramos.

———

Y luego una noche John reservó mesa en una ostrería sin motivo aparente.

Cogimos el metro para ir al Village y subimos las escaleras hasta la calle. Hacía mucho frío. Doblamos por una bocacalle sinuosa y, delante de mi casa encantada favorita, John se detuvo.

Hum, supongo que este es tan buen momento como otro cualquiera para pedirte matrimonio, dijo. Pero ya habíamos quedado en que me casaría con él. No me miraba a la cara y parecía distante y asustado. Yo me reía, intentando infundirle valor. Estaba feliz y sonreía con ganas. Quería dar por terminada esa época de mi vida y estaba muy contenta de que acabara por fin.

Miré el anillo. Era un diamante pequeño y gris con forma de lágrima. Me encantó. Me lo puse y me quedaba muy grande.

Luego fuimos andando el resto del camino hasta el restaurante y nada más sentarnos pedimos una botella de prosecco. *Por los tiempos corrientes,* brindó John.

———

Por fin me decidí a dejar mi piso. Mientras empaquetábamos mis cosas, se cayó al suelo una fotografía que tenía enmarcada.

Se le partió el cristal y fui a la cocina a por una bolsa de papel, el recogedor y el cepillo. Barrimos el cristal roto. Cuando terminamos, John dijo: *Ser adulto es un auténtico rollo*, queriendo poner un punto de frivolidad. ¿Es que nunca había barrido un suelo? Guardé bien al fondo la pequeña esquirla de ese día porque no quería creer que pudiera ser verdad, que realmente estuviera pensando lo que parecía estar pensando.

Me mudé al piso de John y decidí ordenar. Con su permiso, cribé los tres cajones de un archivador metálico que tenía, reuní todos los recibos antiguos que vi y los llevé a la copistería para que los destruyeran.

Encontré la carta que había escrito a los decanos de su facultad cuando rechazaron su solicitud para estudiar en el extranjero. También leí las cartas en respuesta. Se las di en un montoncito. No le dije que las había leído y él nunca me lo preguntó.

El archivador había pertenecido a su padre. Estaba lleno de etiquetas antiguas y pegatinas de la bandera de Estados Unidos. Cuando por fin lo vacié, lo bajamos a la calle por si lo quería alguien.

———

Hice unas chuletas al ajillo con vino tinto y limpié la cocina mientras John atendía llamadas. Había montado una productora con un alumno de posgrado muy dócil y diligente. La cosa había empezado por diversión más que otra cosa pero resultó que unos amigos de la infancia de John, Felix y Victoria, habían conseguido financiación en Calgary, gente que quería invertir en una productora en Nueva York con conexiones en

Alberta. Le pusieron de nombre Producciones Cloudberry. Soy una auténtica mujer de mi casa, pensé mientras ponía las servilletas de tela en la mesa. Parecía un juego de sociedad.

John, Felix y su mujer, Victoria, se habían criado juntos los tres, y John y Felix eran como hermanos. Se pasaban el rato metiéndose el uno con el otro, pero siempre entre risas. John no tenía hermanos de sangre. Ni yo tampoco.

Después del instituto, los tres habían ido a la misma facultad en Calgary y, cuando se licenciaron, John había sido el único de toda su promoción que se había ido a vivir a Nueva York.

Victoria trabajaba a tiempo completo como pasante en un bufete mientras que Felix era el cuidador principal de sus tres hijos. Eso los convertía en una pareja poco convencional. En los demás matrimonios de sus amigos del instituto, las amas de casa eran siempre las mujeres.

————

John seguía siendo artista, pero ahora era también empresario. Practiqué la palabra en voz alta para intentar que me saliera natural y sonara normal, no tan horrible. *Empresario*. La empresa sería fácil de llevar, me había explicado él, y serviría para financiar su carrera artística. Ser escritora era fácil —lo único que se necesitaba era tiempo—, pero John necesitaba comprar materiales, enviar piezas, viajar a exposiciones y conocer a coleccionistas. Su carrera era más cara y complicada que la mía, y el rendimiento potencial sería mucho mayor. Por suerte para ambos, la productora sería rentable casi al momento. Me enseñó una hoja de cálculo que no entendí. Me explicó que pronto seríamos ricos.

John ganaría mucho dinero y yo seguiría siendo escritora, sola con mis pensamientos. Sería como tener dos vidas. En lugar de añadir agua caliente a una taza llena de guindillas deshidratadas, comería sushi con John. El dinero soñado se arremolinaba a nuestro alrededor. Yo era una isla a la deriva dentro de aquel remolino, pero aun así me tocaba. Sentí el dinero como un disfraz. Era un traje. No lo necesitaba, pero estaba bien tenerlo.

———

Una cascada de responsabilidades en papel inundó la casa, libros y manuscritos que atender con entusiasmo y amabilidad mientras iba enterándome poco a poco de que John nunca había mandado una nota de agradecimiento ni había hecho una limpieza a fondo salvo una vez para una fiesta.

Yo necesitaba que él asumiera su parte de tareas de la casa, que tuviéramos una cita a la semana, que tuviéramos dos «sesiones» íntimas por semana, que socializáramos con amigos cada dos semanas y que me devolviera los siete mil dólares que todavía me debía.

John había empezado a llamar a sus instalaciones fotográficas *arte que mueve*. Él lo decía con un leve renqueo en la voz, como insinuando que acababa de ocurrírsele el concepto en ese justo momento y, también, que se tenía en muy alta estima por haberlo acuñado.

———

La noche antes de que John tuviera que irse para montar su primera exposición individual, recibió en el estudio las plataformas giratorias donde tenían que ir montadas sus fotografías. Medían más de un centímetro menos de ancho por ambos lados. No había manera de arreglarlas. Era un error de cuatro mil dólares. Estábamos sentados a la gran mesa azul que había hecho John con vallas metálicas de la policía, la mesa que tendríamos en nuestro porche y se llenaría de abejas carpinteras años después, cuando nos mudásemos a California y luego de vuelta otra vez.

Me senté enfrente de John y me preparé para que nos barriera la ola de vergüenza. Era su primera gran exposición. Me quedé observándolo para ver qué hacía. Estaba allí sentado con la cabeza entre las manos, callado. No rodó ninguna lágrima. Vi cómo la vergüenza le pasaba de largo como un espectro.

No se lo mencionó a los encargados del museo y tampoco preparó la charla que tenía que dar en la inauguración.

A la semana de volver a casa recibió una nota del museo en la que le informaban de que habían quedado decepcionados por la charla y por la exposición. Después de ese día no volvió a hablar del tema.

———

Lo malo que tiene estar prometida es que, en cuanto se lo mencionas a cierta gente, se ponen a chillarte que si no has hecho ya una lista de boda o no has planeado la luna de miel es que tienes algún trastorno mental.

Le pregunté a John si a él lo ponía nervioso eso de casarse y él se limitó a sonreír y a decir: *No*.

Una noche me emborraché con vino blanco en un bar y arrastré a John a casa, donde tuvimos una sesión para la posteridad. Todavía con esas buenas sensaciones, quedé con él en que tendríamos una reunión para hablar de la luna de miel. Le pregunté cuándo podría comprar los billetes de avión con las millas que tenía en su tarjeta y se quedó callado. Una mueca burlona le afeó la boca.

Luego dijo: *Yo no tengo por qué hablar de dinero cuando no me apetece*, a lo que yo respondí: *Entonces no estamos preparados para casarnos*.

———

Un día de nuestra luna de miel que estábamos paseando por la playa pasamos por delante de un grupito de mujeres que estaban bebiendo. *¡Mirad cómo relucen esos anillos!*, dijo una. *¡Seguro que están de luna de miel!*

John se encargó para él una alianza de oro blanco martillado a medida. Yo me pedí la alianza de oro más sencilla que encontré por internet. Con los años, se llenó de rasguños y perdió el lustre, y me encantaba quitármela y ver lo lisa que era por dentro, cómo parecía relucir, lo perfecta que era.

———

Cuando yo era pequeña, lo único que tenían que hacer los padres era estar en el trabajo, almorzar en bares, hacer lo que querían allá donde iban y luego volver a casa y aparentar ser muy trabajadores y leales. Leales solo por volver a casa para cenar y disfrutar de un hogar limpio y bien llevado que una mujer mantenía con el único fin de que un padre pudiera hacer lo que quisiera dentro y fuera de él.

Le escribí a Hannah: *Esta noche he comprendido por qué mi madre siempre se encogía y se apartaba cuando mi padre intentaba tocarla: era un bastión. Y dentro de ese bastión había rabia, y, en el centro de la rabia, estaba el dolor del insulto por que la trataran como a una criada necia. Mi bastión es el mismo, solo que con las caderas más estrechas y rodeado de un aura de migraña.*

John me dijo que lavaría los platos y que estaría en la cama a las once para follar. A las once, sola en casa, lavé los platos.

Cuando llegó a casa me explicó por qué había llegado tarde. A mí no me cuadraba. Me provocó diciendo: *No eres capaz ni de seguir una conversación*, y luego, al no poder detener el torrente de su confusa explicación, grité: *¡Silencio!*, y entonces él me empujó y me dijo: *Aparta de mi vista.*

Después de eso lloré desde lo más hondo de la balsa del dolor, me tomé un calmante y estuve durmiendo hasta las doce del día siguiente.

Cuando por fin me levanté de la cama, acordamos que ambos nos esforzaríamos por cuidar el uno del otro y nos perdonamos mutuamente.

Después de eso, John dijo que ese mes al final no iba a poder meter su parte en la cuenta común. Respiré hondo; la espalda se me agarrotó en el acto y comprendí por qué se divorcia la gente.

Ya le había pedido a John que me mandara el itinerario de viaje de su vuelo a Calgary, donde iba a verse con un tío de Felix que era inversor de capital riesgo. Con los nervios vibrando como un diapasón, le mandé el mismo correo por cuarta vez. Cuando por fin me respondió, le expliqué: *Ya que en estos momentos no puedo controlar ni mi vida personal, ni mi vida profesional, ni mi vida financiera, perder también el control de mi vida social me parece la gota que colma el vaso.*

John me respondió: *Lo siento de veras, creía que ya te lo había mandado. Te quiero mucho.*

———

UPS perdió otro envío con las luces que John necesitaba para terminar su última película. Se pasó tres días al teléfono, impotente, reclamando. Yo me puse las botas y el abrigo más gordo que tenía y me fui a buscar el furgón de UPS. La nieve llegaba a los tobillos y lo revestía todo de silencio. A los diez minutos ya estaba de vuelta con el pedido, rodeando con los brazos la caja de cartón mojada y resbaladiza.

En la reunión de economía familiar que teníamos programada, John se pasó media hora recalculando las cuentas que yo ya había hecho. Llegados a cierto punto, cuando me dijo que no tenía dinero para financiar su exposición y contribuir al hogar, dije: *O sea, que básicamente estás viviendo en mi casa.*

Pero John y el otro miembro de la productora habían conseguido que alguien invirtiera en su pequeña productora audiovisual e íbamos a mudarnos a Los Ángeles para montarla en una nave industrial barata y contratar más personal. Yo me temía que, al mudarnos a la Costa Oeste, John dividiera su tiempo entre Cloudberry y su obra, con lo que yo me quedaría como ama de casa en solitario y sin red de apoyo allí, posiblemente con un niño a cuestas, sin posibilidades de escribir o enseñar: una auténtica mujer de su casa, lo único que me había jurado no ser en la vida.

———

En una fiesta que daba un marchante de arte, John bebió demasiado y habló demasiado ligeramente y demasiado tiempo con la gente equivocada.

Cuando se lo hice notar, reconoció que se había percatado de que los poderosos nunca se emborrachan en las fiestas. Luego dijo: *No quiero ser una nota al pie en la biografía de otra persona.*

Yo acababa de vender otro libro. La biografía de la que hablaba era la mía.

La madre de John nos mandó una postal con una foto de los cuatro en el puente de Brooklyn. *En junio dimos la bienvenida a nuestra familia a Jane, la mujer de John. Felices fiestas.*

———

Cada tantas semanas me venía a la cabeza algo que yo le había dicho a John a los pocos días de conocernos. *Soy prácticamente una yonqui del trabajo. —Uf, menos mal,* me había respondido él al instante.

Había encontrado a alguien para quien dedicarse al arte era fundamental y tener una relación amorosa era incidental. Me encantaba cuando estábamos los dos juntos en la misma habitación, cada uno con su portátil, trabajando en silencio, con afán. Sentía nuestras energías despiertas y unidas. No necesitábamos nada más el uno del otro.

Pero para entonces yo ya sabía que John era el típico que llegaba tarde a las fiestas, se quedaba más de la cuenta y olvidaba el regalo. Cuando le pregunté si no estaría mejor con una mujer que fuera la esclava de su marido que con una mujer humana, me dijo: *Yo me levanto, me ducho y tengo el desayuno esperándome, y nueve de cada diez veces tú pones la lavadora, piensas en qué comer y me recuerdas que tengo que mandar cosas por correo y hacer llamadas... No creo que pueda haber nadie más atento.*

Él me miró con amor. Yo me sentí de maravilla. Y luego me sentí atrapada.

Cuando John se fue a su estudio después de decir que se comería un sándwich en un bar y volvería a casa a las nueve, yo hice las maletas con nuestras cosas, paré un taxi y nos mudé de un piso subarrendado a otro. Esos últimos días antes de la gran mudanza a la otra punta del país estuvimos dando tumbos de un piso a otro.

Mientras deshacía las maletas, preparaba una clase que tenía que dar y me hacía la cena para mí, pensé en que quizá John tendría algún detalle conmigo después de todo lo que yo había hecho por él en las últimas semanas. A las nueve me llamó borracho, porque había quedado con un amigo, y me preguntó si había hecho ya la cena y si le podía guardar un poco.

Cuando llegó a casa, dijo que llevaba unos días molesto por algo ligeramente degradante que yo le había dicho delante de otra persona. Meneaba la cabeza como un adolescente. Lo que él no recordaba era que yo había dicho ese algo ligeramente degradante apenas unos instantes después de que él dejara de tontear con una mujer pasada de copas mientras yo me quedaba con Hannah y su nuevo novio, sola y avergonzada.

Acceder a ser la esposa de otra persona solo debería hacerse si no lo puedes evitar, pensé, pero está claro que nadie lo puede evitar.

———

Entonces nos mudamos a Los Ángeles. Yo no había conducido por autovías con tantos carriles en mi vida. El sol me provocaba migrañas y además, cosa inaudita, hizo que me saliera un lunar gigante en medio de la frente.

Compramos un sofá y un coche. John pasaba diez horas al día trabajando en Cloudberry, montando la oficina, mientras yo me quedaba en el sofá de nuestra casa por lo demás vacía mirando el portátil y esperando a que llegaran los de la mudanza. Dormíamos en un colchón inflable. Hacía un frío increíble por la noche.

Les pedí a todos mis conocidos que me pusieran en contacto con gente que quisiera trabajar en su escritura, para darles clases particulares. Ese primer año tuve unos doce alumnos.

Como tenía diagnosticada una enfermedad autoinmune desde hacía años, en ese estado no tenía cobertura médica, y carecer de ella me provocaba una nebulosa de ansiedad que me seguía los pasos.

Una alumna vino a casa para una clase particular y se sentó a mi lado mientras repasábamos juntas las notas que yo había hecho en su manuscrito. A los pocos minutos, John se sentó enfrente de nosotras y se puso a darle consejos generales sobre escritura. Yo no daba crédito, pero por instinto me limité a fingir que no estaba pasando nada, a proteger la pátina de normalidad de la persona que había creído conveniente sentarse allí y convertirse en el segundo profesor de mi alumna.

¿Intentaba demostrar que sabía más que ella o que sabía más que yo? ¿Qué necesitaba, la atención de la chica o la mía? La realidad que yo quería no incluía aquel suceso, de modo que lo sorteé y seguí a lo mío.

Unas semanas después vino a casa una vecina para pedirnos un destornillador. Yo fui a la cocina, abrí el armario bajo el fregadero y saqué mi caja de herramientas roja mientras John corría al garaje a por uno de los suyos. ¿Para qué prestarle a nadie dos destornilladores? La vecina se llevó los dos con una sonrisa amigable. Cuando nos los devolvió ese mismo día, le pregunté qué destornillador había utilizado. John estaba acechando en el cuarto de al lado, le oía respirar. *Sabía que me lo preguntaríais*, me dijo amablemente la mujer. *He utilizado los dos por igual.*

———

Mi padre decía que John tenía tres cosas en su vida —su productora, su arte y yo—, y que yo no podía ser la tercera en su lista de prioridades. *Tú eres más lista que yo*, añadió, pero tan lista no debía de ser cuando no me acordé de lo de no casarme.

Le enseñé a John cómo abrir y clasificar su correspondencia: trituradora de papel, basura, archivador, tareas desglosadas. Encontré un cupón gratuito para destruir documentos. Yo me encargaba de las tareas desglosadas. Él lo único que tendría que hacer en adelante era firmar cheques y documentos.

Después de mandar el último correo para confirmar la fiesta de inauguración de la casa que yo llevaba un mes planeando, John me dijo: *Espera, pero si esa noche yo estoy en Calgary.*

Saqué del armario una de las tazas favoritas de John, la estrellé contra los escalones de la entrada y luego barrí con esmero todos los trozos y limpié la casa entera.

Un viejo amigo mío, Eben, la persona que llevaba más tiempo casada de todos mis conocidos, dijo: *Solo puedo aconsejar tirar para delante.* Nos habíamos criado juntos y hacía poco que habíamos retomado el contacto. Él me llevaba un par de etapas vitales de ventaja, con hipoteca y niño pequeño, y sus consejos me eran muy útiles. Además, llevaba diez años ya viviendo en Los Ángeles.

Sollocé y tartamudeé cuando le conté a John lo infeliz que era desde que nos habíamos mudado a California por su trabajo, que le exigía viajar gran parte del tiempo y que quizá no llegara ni al año. Yo no tenía ni el solaz de la compañía ni el de la estabilidad financiera, ni el de ser útil para los demás.

Creía haber intercambiado esto último por las otras dos cosas, pero en realidad había estado renunciando a las tres.

————

Aun así, no conocía a ninguna mujer casada en una posición mejor, así que decidí seguir adelante. Al fin y al cabo, una persona podía ser arrogante sin llegar a ser un narcisista diagnosticado. Y yo era una obsesa del control, una auténtica obsesa, una loca. Hacía años, con veintitantos, incluso había pasado diez días internada en un hospital psiquiátrico, después de que mis médicos me administraran una sobredosis de esteroides para mi enfermedad autoinmune. John parecía alucinado por esa hospitalización. Parecía creer que era una pasada, que yo era una artista oficialmente loca, *tocada por el fuego*.

Decidí mirarme mi rabia, aclarar qué necesitaba yo y no depender de John para nada de ello. Me imaginaba no teniendo que pedirle nada nunca más.

Para mediodía me había duchado, vestido, ordenado todos los zapatos y las prendas de John esparcidos por la casa, recogido la ropa sucia, barrido el suelo, regado el jardín, llevado cajas al garaje, hecho el desayuno, comido, lavado los platos, sacado la basura para reciclar, gestionado la correspondencia y hecho la cama. John se había levantado y había cagado.

Para nuestro primer aniversario, el de papel, reuní las cientos de tarjetas de visita que había reunido él de gente que podía estar interesada en invertir en Cloudberry y añadí los contactos a su agenda online. John me hizo una web nueva muy bonita.

Dijo que desde que estaba casado sentía que había perdido un peso que no sabía que llevaba encima.

Luego me contó que le había mandado a una nueva coleccionista la pieza que le había comprado seis meses antes y que había llegado rota. A los cinco minutos yo estaba en el baño cagando a raudales.

Las elegías son las mejores historias de amor porque son la historia completa.

––––––

Después de quedar con ella en vernos los cuatro en el desierto para las Navidades, la madre de John hizo una reserva para todos en una estación de esquí. Luego anunció que iríamos hasta allí todos juntos en el coche y pasaríamos una semana. Cuando John le explicó que nosotros estaríamos dos noches, como habíamos hablado, ella lo llamó y le dijo: *Si pudierais pasar más tiempo con nosotros, me haríais muy feliz.*

No quiso darnos los datos del alojamiento, con la esperanza de que desistiéramos y dejáramos de preguntar.

Cuando, con solo cinco días de antelación, reveló que las mascotas no estaban permitidas, la madre de John se ofreció a pagarnos la residencia de la gata.

Nos lo contó a cada uno por separado.

Al final del correo que me mandó a mí decía: *¡Me siento mal!*

Su cáncer había remitido, pero ella sabía que su hijo seguía temiendo que fuera a morirse.

De regalo de Navidad le llevamos infusiones, almendras y sal de cocina ecológica.

Dejó los regalos en la encimera de la cocina y se dedicó a comer trozos de queso del supermercado, galletas, tarta y bollitos de canela untados con un centímetro de mantequilla.

Todas las tardes el padrastro de John cogía el jeep de alquiler y conducía el medio kilómetro que nos separaba del pueblo para ir a por más comida.

La cena de Navidad fue en un restaurante con manteles de poliéster, donde toda la comida estaba espolvoreada con queso rallado y los platos del postre chorreaban sirope de chocolate.

———

Una vieja amiga mía me mandó unas fotos de su retoño. Debería haber una palabra para lo que sientes cuando tus amigas más neuróticas traen al mundo hijos antes que tú. Sorpresa. Confusión. Vergüenza.

Esa noche John dijo: *Me siento muy culpable por lo inestable que se ha vuelto nuestra vida desde que nos mudamos.* Respondí: *No lo sabía.* Y en ese momento el secreto quedó destapado.

Luego se emborrachó y le entró la llorera. *Estoy tan orgulloso de ti*, no paraba de decirme. *Sé que hay cosas que son complica-*

das, pero también hay cosas glamurosas, dijo refiriéndose a estar conmigo, a estar sin blanca, a conseguir la beca de la Akadimía. *Yo no tengo colchón alguno y he llegado al límite de mis tarjetas de crédito. No sé qué voy a hacer…*

Después de invertir cinco años de mi vida, no tenía ninguna gana de empezar de cero.

Sé que estás muy decepcionada conmigo, añadió entonces, y a mí se me saltaron las lágrimas.

Tenía dos amigas que parecían tener vidas agradables y satisfactorias, con trabajos a la altura de su inteligencia y su formación. Los maridos de ambas estaban muertos de rabia e impotencia.

Yo había cedido dos años y medio de mi carrera académica por Cloudberry, al seguir a John en lugar de buscarme un trabajo como docente a tiempo completo. Era una tarta rellena de abandono, sentimientos heridos y furia, con cobertura de sonrisa.

Si tuviera la energía, lo dejaría, pensé, y luego doblé en dos ese pensamiento, lo envolví en una gasa y me lo tragué.

Cuando Cloudberry consiguió su primer proyecto importante, el cofundador de la empresa quiso reestructurar las participaciones de todos.

Cuando John se negó a dejar sus participaciones en manos de un asesor financiero externo, este último le dijo a John que estaba despedido. Aunque él no tenía autoridad para hacer algo así, el socio de John dejó de cogerle el teléfono.

John se puso a llamar a todos los de la empresa que seguían cogiéndole el teléfono. Yo me tomé un calmante a la hora de comer y me puse a hacer una lista de las llamadas, sin saber qué otra cosa hacer.

Cuando se pasó el efecto del calmante, me entraron temblores. John me llevó al dormitorio y me acostó bocarriba en la cama. Él se puso encima y me aplastó con su cuerpo, de hombros a tobillos. La presión me tranquilizó. Siempre funcionaba.

———

En esa época, mis días tenían agujeros por los que a veces atravesaba el fondo de mi vida y me caía y me volvía inconsolable ante cualquier cosa del mundo conocido. Me imaginaba ahorcándome en el limonero.

El siguiente trabajo de John nos llevaría o a la otra punta de la ciudad o a la otra punta del país, de vuelta a Nueva York. Las circunstancias de mi vida ya no eran algo que estuviera en mis manos.

Luego el cáncer de Eve volvió.

Le escribí: *Cuando conocí a John y vi que admiraba a las mujeres fuertes, supe que su madre debía de ser una mujer fuerte. Gracias por el amor que le has dado y por haberlo criado para que fuera una*

persona buena y divertida. Sé que debes de estar muy orgullosa de
él. Qué feliz soy de haberlo encontrado.

Luego escuché a John hablando por teléfono con su madre:
Es posible que tenga que volverme a Nueva York para esos trabajos,
dijo en vez de hablar en plural. La piel empezó a hervirme de
la vergüenza. Él era el personaje principal y yo era su esposa.
Su madre también había sido una esposa. Esposas y más esposas de principio a fin.

––––––

Mientras yo hacía una limpieza a fondo de la cocina, John fro-
taba la bañera y pasaba la aspiradora. Verlo limpiar me daba
ganas de quedarme embarazada. Pero estar embarazada y depender materialmente de mi marido se me antojaba peligroso.
Hasta utilizar la palabra *marido* me parecía poco seguro.

Ese mismo día me dijo: *Te quiero tanto. Cada vez que leo algo*
tuyo, me vuelvo a enamorar de ti.

Yo nunca había querido ser madre y John y yo siempre habíamos sido ante todo artistas, categóricamente, sin prisa alguna
por casarnos o procrear. En los últimos tiempos, sin embargo,
John parecía pensar que podíamos tener un hijo, pero yo no
creía que dos artistas pudieran criar a un niño, que alguien
tenía que hacer de mujercita y ama de casa, pero yo no quería
serlo, aunque, si lo fuera, sabía que se me daría bien.

Me gustaba ver a los viejos amigos de mi marido cuando pasaban por la ciudad, personas para las que yo era conocida solo
como la señora Bridges, a pesar de que yo no me había cam-

biado el apellido. Yo iba disfrazada de su esposa pero nadie lo sabía. Me creían cómplice.

———————

Estando yo embarazada de veinte semanas, John consiguió un trabajo en un banco de Nueva York. Pagaban bien. A él le preocupaba que trabajar a tiempo completo para un banco, aunque fuera como director creativo, lo deprimiera, pero aun así pensó que era lo mejor. Él proveería para nuestra pequeña familia cuando naciera la criatura.

La quimioterapia había dejado de ser efectiva para el cáncer de Eve. John le hablaba con una voz muy tierna. Era la suya, pero también era la de un niño con el corazón partido.

John volaría a Nueva York a la semana siguiente, nos buscaría un piso y luego cogería otro avión a Alberta para ver a su madre.

La noche antes de irse, John me dijo que quizá no le diera tiempo a encontrar piso en los tres días que tenía pensado estar en Nueva York y entonces a lo mejor teníamos que quedarnos en el sofá de alguien un tiempo.

—*Entonces quédate hasta que encuentres piso y te vas a Alberta dos días después.*

—*¿En vez de pasar tiempo con mi madre que se está muriendo?*

Se negó a seguir hablando del tema.

———————

Él consiguió un piso en Nueva York y yo me reuní con él en Alberta. Para entonces ya se sentían las pataditas del bebé por dentro, pero todavía no se notaban desde fuera de mí.

Estuve un buen rato plantada delante de Eve mientras ella me cogía la barriga con las manos y pegaba la oreja, como para escuchar.

Estaba muy delgada pero todavía era capaz de andar un kilómetro y medio a paso lento. Estuve caminando con ella y luego cada una nos echamos nuestra siesta.

Una noche le faltó el oxígeno. El padrastro de John la acompañó a su cuarto. A los pocos minutos, el hombre salió y nos dijo que Eve se encontraba mejor y quería hablar conmigo.

Entré. Nos quedamos las dos a solas. Yo no sabía que sería la última vez que la vería con vida. No sabía que aquello era una confesión en su lecho de muerte.

Me contó que cuando estaba en la facultad, después de anunciarles a sus padres que iba a casarse con su primer marido, el padre de John, sus padres le ofrecieron un viaje de un año por Europa a cambio de no casarse con él.

Tenían la esperanza de que viviera un romance en el Viejo Continente y se olvidara de aquel novio.

Después de contarme eso, se metió en la boca una piruleta azul de fentanilo y cerró los ojos.

En el coche de vuelta al hotel, le conté a John lo que me había dicho su madre. A él nunca le había contado esa historia y ninguno de los dos entendimos por qué me la había contado entonces a mí.

Esa noche soñé que me despertaba en una cama de hospital y descubría que había dado a luz mientras dormía. A los pies de mi cama estaba sentado un niño perfecto y diminuto, esperando a que yo hiciera de su madre. Era muy bonito y fácil de amamantar.

Mientras yo estaba al teléfono intentando encontrar el equipaje perdido de John y solucionando su requerimiento de Hacienda, él encargó un futón individual para que nos lo entregaran en el piso nuevo de Nueva York, para dormir los dos en él. Le habría dicho que era tonto, pero él ya lo sabía.

———

En una nueva emergencia burocrática, nos enteramos de que íbamos a quedarnos sin crédito si no conseguíamos unos documentos firmados por el exsocio de la productora, quien hacía tiempo que no respondía al teléfono cuando John lo llamaba. Convencí a la delegación estatal para que se saltara un paso y arreglara el error administrativo a cuenta de la empresa externa que lo había cometido.

Las angustias daban vueltas a mi alrededor como un carrusel, así que me tomé un vaso de leche caliente y me dormí dos horas como un tronco.

Nada más despertarme, se me agarrotaron los hombros y John accedió a darme un masaje. Le señalé un nudo que me dolía. *Aquí.*

John me masajeó por todo alrededor del nudo. *Está todo conectado. Estos músculos forman todos parte de un mismo sistema.* Me masajeó la escápula, alejándose cada vez más del dolor. Yo clavé el dedo en el bulto para intentar aflojarlo.

Para, me dijo John. *Yo sé lo que me hago.* No tocó el punto dolorido.

Él decidiría si yo merecía alivio. Él decidiría incluso si mi dolor existía o no.

Le escribí a Eve: *Las cosas no van muy allá.* Me respondió: *Ahora mismo llevas muchas cosas para delante, entre el crío, el trabajo, y esos achaques de cansancio y de neblina mental típicos del embarazo, y encima con el viaje a Londres a la vuelta de la esquina.*

Mi último libro había sido nominado para un premio y nos habían invitado a los cinco candidatos a la gala de entrega en Londres. Iba a ser nuestro último viaje juntos antes de que naciera el niño.

Dos días antes del viaje, John salió hasta tarde y yo me quedé dormida, con el cuerpo agotado por la organogénesis.

A las tres de la mañana sonó el timbre. La voz de un desconocido sonó por el portero eléctrico: *¿Vive ahí John Bridges?*

Corrí abajo en pijama, con la barriga sobresaliendo por encima de la cinturilla.

Un desconocido había traído a casa a mi marido, que estaba ensangrentado, conmocionado y vomitando. John no podía abrir los ojos, no reaccionaba a las preguntas y no era capaz de terminar una frase.

El desconocido se lo había encontrado tirado en la acera, bocabajo.

No hacía ni un mes que nos habíamos mudado a ese piso. Mi primer pensamiento fue: *Tengo que limpiar el vómito o nos echan del piso.* Corrí arriba y cogí unas toallas y bajé como pude otra vez para limpiar el vómito a gatas. John balbuceó algo. Estaba apoyado contra la pared. Se le cayó la cabeza hacia delante. Un hilo viscoso le colgaba de la boca. Estaba intentando decir algo. Estaba intentando decir: *De nada.*

Llamé al 911. Llegó la ambulancia. El desconocido les confió a mi marido. Los auxiliares me miraron varias veces de reojo el barrigón, olieron el vómito de tequila y luego me miraron a los ojos y me dijeron en silencio que era tonta por tener un crío con ese hombre.

Bajaron a John en silla de ruedas. Yo había ido en la parte de atrás de la ambulancia. Tenía su tarjeta del seguro y su carné de identidad. Me sabía de memoria su número de la seguridad social.

Lo llevaron hasta un box con cortina de las urgencias. John no paraba de intentar levantarse de la camilla para ir al baño, pero no le dejaban. Yo no lograba impedir que se levantara. Le pedí a la enfermera una cuña, pero John se negó a utilizarla. Pedí una sábana limpia, que extendí por el suelo. Me eché encima e intenté dormir. Me pregunté qué estaría haciendo el feto.

En las urgencias le diagnosticaron intoxicación etílica aguda, posible conmoción cerebral y tabique partido. No se encontró ningún derrame cerebral en el TAC, pero yo debía vigilarlo durante cuarenta y ocho horas por si acababa dando la cara alguna hemorragia subdural.

Llamé a mi agente y le conté dónde estaba.

No fuimos a Londres.

———

Al día siguiente me vino un fogonazo de John parado mansamente en la entrada, con la cabeza gacha, vomitando, babeando y sangrando. Esos fogonazos seguirían viniéndome durante años cada vez que John llegaba tarde cuando había quedado conmigo.

Cancelé, pospuse y reorganicé cosas. Comida, agua, ducha, ropa limpia.

Le dije a mi madre: *No sé si volveré a ser la misma.* Me contestó: *Lo serás.*

Es la primera vez que me pasa y no me volverá a pasar, dijo John cuando recobró la sobriedad.

A mediodía se había tomado dos cervezas con un almuerzo escaso y luego, en el bar, había picado apenas unos bocados y había bebido tequila a cada tanto. Recordaba haber mirado el reloj a las dos de la mañana. Montarse en un taxi pirata y bajarse luego cuando el tipo le dijo que tenía que llenar el depósito. Parar a un taxi de verdad, sintiendo que se iba para los lados. Recordaba atravesar el puente en el taxi. Es posible que se desmayara dentro y luego otra vez ya en la calle al bajarse, pero, una vez que logró incorporarse del suelo, pudo decirle a un desconocido su nombre completo y su dirección.

Fui hasta la esquina y vi que había un charco pegajoso de sangre en la acera.

Puse la lavadora, saqué la basura, me encargué del correo, le di de comer a la gata y jugué con ella, cociné, le puse hielo en la nariz a John, le cambié las vendas de los dedos, le llevé comida, vitaminas, Gatorade y agua, lavé los platos, calculé los gastos de octubre, contesté correos de mis editores, hice la compra, fui a la farmacia, limpié el baño, hice la cama, hice calistenia y suma y sigue. Iba de una tarea a otra, a paso lento, para no tener que pensar en nada.

Hannah me dijo que me hiciera un seguro de vida.

Meses después, mientras el bebé lloraba a pleno pulmón en su cuna, yo estaba metida en el baño a las once de la noche, temblando y llorando, mientras llamaba a John una y otra vez, convencida de que había vuelto a caerse por la calle. Cuando por fin llegó a casa, me dijo que se había quedado sin batería jugando con el móvil.

———

Le mandé una tarjeta de agradecimiento al hombre que trajo a John a casa.

Le salvó usted la vida a John. Jamás podré agradecérselo lo suficiente.

Su tasa de alcohol en sangre era de 0,3 y había sufrido una conmoción cerebral. El TAC, milagrosamente, no reveló ninguna hemorragia cerebral, pero tiene que estar vigilado durante cuarenta y ocho horas por si acaso hay algún derrame no detectado aún.

Si lo hubieran dejado allí tirado en la calle, es muy posible que hubiera muerto ahogado en su propio vómito.

Cuando lo vi, me asusté mucho porque nunca lo había visto así de borracho. En todos los años desde que lo conozco nunca lo he visto desmayarse, tener lagunas mentales, ni tan siquiera vomitar. Por lo visto, sus compañeros del trabajo —acaba de empezar a trabajar allí— estaban bebiendo chupitos de tequila. Con el estómago vacío. John fue el primero en salir del bar. A saber lo que les pasó a los demás.

Que usted decidiera en un gesto altruista dejar que un total desconocido lo llenara de vómito y sangre (un apunte: John no tiene ninguna enfermedad contagiosa, de modo que no tiene usted por qué hacerse análisis para detectar hepatitis ni nada parecido) es la razón de que nuestro hijo, cuando nazca en enero, vaya a tener padre.

Si un día siente usted, en algún momento de su vida, que no ha hecho lo suficiente, o que no ha desarrollado todo su potencial —en la forma que usted lo entienda—, recuerde por favor lo que hizo por mi familia. Su ayuda ha sido totalmente nuestra salvación. Espero llegar a hacer en mi vida tanto como hizo usted el jueves.

Esa noche dormí algo mejor pero la imagen de John de pie en la entrada con la cabeza caída y la baba colgándole seguía atormentándome.

Mi madre dijo: *Hombres...* La madre de John creyó que lo que yo llevaba peor era que John me hubiese dejado sin viaje a Londres.

No mucho después, John y yo acordamos que ni él podía decir que yo no lo había apoyado durante la muerte de su madre ni yo podía decir que él no me había apoyado durante el embarazo. Parecía un avance. Al menos estábamos empate.

Mientras a él lo sometían a dos reducciones de fractura de nariz, yo me pasé seis horas en la sala de espera del hospital, padeciendo contracciones de Braxton-Hicks y viendo cómo me quedaba sin batería.

Esa noche John me dijo: *Sé que no he sido el marido perfecto...*

———

Al día siguiente me caí por la calle haciendo unos recados pero conseguí aterrizar sobre las manos y las rodillas.

Eve llevaba un par de semanas sin retener nada de comida. No quería dejar la quimio, pero dijo que comprendía que ya no iba a recuperarse.

Cuando ingresó en el hospital a través de las urgencias, pesaba ya cuarenta y cuatro kilos.

John se fue entonces solo una semana de viaje, a una exposición en Miami, entre fiestas y copas, mientras yo me quedaba en el piso recordando por qué no habíamos ido a Londres y qué había tenido yo que hacer en cambio.

Mi psiquiatra me dijo que no veía mal que le pidiera a John que volviera a casa porque lo necesitaba. John accedió a mirar vuelos.

Hannah dijo: *No vas a ser tú la única que cancele un viaje porque le parezca importante cuidar de alguien que está incapacitado.*

───────

John me pidió que llamara yo a su hotel en Miami para que le devolvieran el dinero. Era culpa mía por llevar tanto tiempo haciéndole de secretaria gratis. Por haberme casado con él. Me negué.

Volvió entonces a casa. Cuando vio que Hannah estaba conmigo, cuidando de mí, se lo tomó a mal.

Creía que venía en tu rescate. Yo quería haberme quedado otro día.

Acto seguido estallé en un llanto vociferante.

Le escribí a mi madre: *Hoy había una fiesta en el trabajo de John para celebrar un encargo que había salido bien, y John no ha terminado el vídeo para la fiesta, pero por la mañana salió del trabajo para ir a mi ecografía porque ya se había perdido las otras dos anteriores, pero al final esta también se la ha perdido porque le ha pillado un atasco cuando venía en taxi, y ahora hay un envío que tiene que llegar a su estudio en Brooklyn, y tiene que volver a salir del trabajo para estar allí por la tarde porque solo hay un juego de llaves y lo tiene él. Yo calculo que para primavera lo habrán echado. Nadie puede vivir como vive él. Eso, y luego está la posibilidad de que yo dé a luz en Navidad mientras él está en Alberta visitando a su madre moribunda.*

Temía que John perdiera el trabajo y, con él, el seguro médico que me cubría a mí también, y que tuviera que divorciarme de él para escapar de sus deudas y que él muriera y que yo perdiera la cabeza y me ingresaran en alguna parte y mis padres tuvieran que declararse en bancarrota y meter a nuestro hijo en un orfanato. Quería estar al menos a cinco pasos de distancia de esa última posibilidad horrible.

————

La clase de preparación al parto de cinco horas fue el contacto físico más íntimo que habíamos tenido en meses y la disfruté muchísimo. Luego llegamos a casa y John anunció que teníamos que buscar otro piso enseguida, que no le gustaba la distribución del nuestro, y a mí me dio un ataque de nervios, con sollozos y gritos, y luego me tiré dos horas llorando a borbotones.

Luego volvió a irse, enfrascado en trabajo, planeando una nueva serie de esculturas fotográficas. Yo estaba tan agotada que ya todo me daba igual.

————

Mientras John trabajaba en el banco, que estaba en el centro, yo me pasé cinco horas esperando en su estudio a que viniera un furgón de FedEx que él había mandado a una dirección equivocada y que nunca llegó. En el estudio no había calefacción. Yo estaba agotada y embarazada de muchos meses. Me adormilé en el sofá con el abrigo gordo puesto, levantándome cada media hora para ir a mear al lavabo. El feto me tenía comprimida la vejiga. Cada vez que meaba tenía que hacerlo delante de una gran cristalera, tras la cual había una planta industrial en funcionamiento.

El ginecólogo de guardia afirmó que mis probabilidades de dar a luz en los siguientes cuatro días eran escasas pero no inexistentes. La madre de John estaba con paliativos. Él quería volar a Alberta. *Tienes que decidir quién te necesita más*, le dijo a John su mejor amigo. El padrastro de John le dejó un mensaje angustiado en el contestador para decirle que Eve quería que John se quedara conmigo. *Si realmente quieres que me quede, dímelo*, me dijo él. *Realmente quiero que te quedes*, le dije.

El cuello del útero estaba casi en su punto y me resfrié, lo que me hacía vulnerable a una recaída de mi enfermedad autoinmune. *¿Qué hacemos si tienes una recaída?*, me preguntó él antes de que yo sacara el tema.

A casi cinco mil kilómetros de distancia, una enfermera sostuvo el teléfono al oído de una mujer moribunda: *Hola, mami*, le dijo John, y lo sentí en el centro de mi cuerpo.

Al día siguiente la enfermera llamó para contarnos que Eve había alargado la mano hacia su marido y había dicho: *Te quiero*.

Luego había intentado tirar de los tubos y le habían subido la morfina hasta que se había quedado tranquila.

A la noche siguiente, moría.

John dijo que tenía que ir al mar, así que reservé un piso en Long Island para pasar el fin de semana.

———

Aquí está otra vez la historia, más breve:

El día que murió Eve nos levantamos a las seis de la mañana para ir al hospital. Me hicieron una eco y supimos que el feto pesaba algo más de tres kilos y tenía un corazón sano. John se fue a trabajar y yo me fui a casa. Hice un redondo de pavo al horno. Comimos en la cama. Conseguí que le restituyeran el servicio móvil a John. Se le había olvidado pagar la factura. Hice chocolate caliente. Su padrastro llamó entonces.

Condujimos por la carretera de la costa, comimos en bares y vimos la tele en nuestro último viaje antes de que naciera el niño. Estábamos felices, reíamos.

Cuando volvimos a casa, nos encontramos con el suelo del baño con casi tres centímetros de agua, que había goteado de la bañera del vecino de arriba por una grieta del techo. Pocos minutos después de limpiarlo todo, el techo se vino abajo. Hormigón armado, pladur, madera, ladrillo y polvo por doquier.

Abrimos las ventanas para airear un poco. Cuando nos metimos en la cama, la gata estaba mirándonos al otro lado de la

55

puerta de cristal de la terraza; debía de haber salido a la nieve en algún momento.

———

Eve solo se ponía baratijas, pero mi madre estaba disparada:

—*¿Se ha quedado John con las joyas de su madre?*

—*¿Por qué, las quieres?*

—*No. Pero antes de que el marido se las dé a otras mujeres.*

—*Eve no tenía muchas joyas.*

—*Bueno, no son solo las joyas. Ese hombre intentará llevárselo.*

—*No sé de dónde te sacas esas ideas.*

—*Yo vivo en el mundo real, ¿sabes?*

Intentaba decirme que legar joyas a hijas y nueras era una de las pocas maneras discretas sobre las que las mujeres seguían teniendo poder en un sistema pensado para mantenerlas desamparadas.

Mi madre era la única persona que conocía a la que no se la habían colado haciéndola creer que esa época quedaba ya lejos, pero yo por entonces vivía convencida de que ella estaba loca.

———

Mis padres vinieron a conocer al niño. Mi madre se presentó con un oso de peluche gigante en brazos, que claramente había sacado de una tienda de segunda mano y tenía una etiqueta arrugada de 50 dólares. Mi padre me dio un abrazo. Mi madre no parecía saber cómo coger al crío y no pensó en lavarse las manos hasta que yo se lo dije. Me contó que una desconocida se había quedado conmigo en la casa familiar hasta mis cuatro semanas de vida, cuidándome noche y día. Yo no lo sabía.

Mis padres se acomodaron y se quedaron mirando mientras yo cambiaba pañales, daba de comer y calmaba al niño. Cuando les sugerí que me llevaran la ropa a la lavandería, mi madre dijo: *Podemos llevártela y ya luego vas tú a recogerla.* Le respondí: *Eso no es de mucha ayuda que digamos.*

Intenté explicar que dar el pecho era algo complejo y que yo no parecía atinar con cuándo sacarme leche, cuándo darle el pecho, cuándo dormir y cuándo dejar al niño dormir, o qué hacer con la congestión mamaria y los pezones doloridos. John puso cara de hastío y yo le dije: *Una de las últimas cosas que te dijo tu madre fue que me trataras mejor.*

Me levanté para ir a la cocina a por un vaso de té helado. John me dijo desde el salón: *Es de buena educación que cuando uno se echa té le ofrezca a la otra persona un vaso.* Volví hasta donde estaba él y le dije: *En vez de decirle eso a tu mujer, que está agotada, deberías darme las gracias por todas las cosas que hago todos los días por ti, el crío, esta familia y esta casa, y que no valoras en absoluto.* Y luego él se disculpó. Se disculpó de corazón.

Ese día me llamó desde el trabajo, todavía arrepentido.

———

Si me apartaba al crío del regazo, se ponía a llorar, así que me pasaba todo el día con él a cuestas, con la espalda agarrotada, el pulgar en su boca, la máquina de ruido blanco desparramando su jaqueca por todo el piso, el gato llorando, mientras me preguntaba cómo iba a escribir la reseña que debía entregar y a planificar la asignatura de poesía que tenía que dar en el primer semestre.

John no paraba de recordarme que lo grabara todo, sin comprender que una persona con falta de sueño no cae en qué grabar.

Al final de una pelea dijo: *Que te den por culo*, y cerró la puerta del dormitorio tras él. Irse de la habitación: su as en la manga cuando sabía que no tenía razón. Ni siquiera me acuerdo de qué día fue eso.

El crío estaba bajo el arco de su gimnasio, contoneándose y sonriendo a los aros colgantes. Yo lo observaba en su felicidad íntima.

John decía que no tenía nada que darme porque sabía que su vida era más complicada que la mía. Me pasé una hora con las lágrimas saltadas. Él me dijo que estaba comportándome como una malcriada, que el periodo posparto era muchísimo más fácil que su vida, teniendo que trabajar en el banco en vez de en su arte. Se negaba a tomar antidepresivos porque aseguraba que se tardaba demasiado en dar con la dosis adecuada. Yo no quería ni divorciarme ni tener un compañero de vida que me faltaba al respeto, así que ahí estaba, soñando con una tercera vía.

Hannah había tenido un crío con su segundo marido dos años antes. Ella me contaba que su marido tampoco había sabido reconocer la carga invisible que suponía dar el pecho y cuidar de la criatura, y que habían tenido las mismas discusiones sobre quién de los dos lo tenía más complicado y por qué Hannah no conseguía sacar trabajo adelante.

Para resolver el problema, *Trabajé mucho la paciencia*, me contó.

———

John volvió del trabajo un sábado demasiado deprimido para cuidar en condiciones del crío, malhumorado porque odiaba su trabajo y porque no podía pasar toda la noche en el estudio antes de que volásemos los tres a Alberta por la mañana para el funeral de su madre. Entretanto, yo estuve buscando crema solar para bebés en tres tiendas, hice la colada, hice las maletas, organicé y limpié la casa, y le di siete veces el pecho al niño y lo cambié y jugué con él y me lo llevé a la calle en el carrito cuando no hubo manera de que dejase de llorar. Nadie le hizo caso a la gata cuando se puso a lloriquear al ver las maletas.

John se tomó tres gin-tonics dobles en el avión y se puso tan desagradable que me hizo llorar. El niño se portó tremendamente bien.

Para cuando volvimos a Nueva York, a John se le había metido en la cabeza la idea de que mudarnos de vuelta a California era lo único que conseguiría que se sintiera mejor. Insistió en que al elegir yo quedarme en Nueva York para terminar de impartir mi asignatura de poesía estaba eligiendo que él siguiera deprimido. *¡Es culpa tuya que yo esté deprimido!*, me acusó.

Luego salió para ir a comprar madera y tierra y volvió a casa con cuatro sillas y se puso a hacer una mesa de pícnic y dos jardineras.

Siempre quieres tema cuando hago mejoras en casa, observó.

––––––––

El niño se durmió en el fular de porteo y se quedó tan desplomado hacia delante que una mujer me miró con los ojos desencajados. Cuando iba de cara era imposible que la gorrita para el sol no le tapara los ojos, daba igual que le pusiera la visera al revés. Parecía que llevaba una venda y que estaba muerto. Volví a casa cogiéndole la cabeza con ambas manos y un hormigueo por el brazo izquierdo.

El mundo no me necesitaba. Solo me necesitaba el crío.

Una hora más. Menos de una hora. Diez minutos. John volvió a casa.

––––––––

El primer Día de la Madre que viví como madre, John lo pasó aturdido. ¿Flores? ¿Una tarjeta? Por lo que a él respectaba, la única madre del mundo era la suya, y estaba muerta.

Habíamos encontrado nuestro ritmo: John se dedicaba a su arte los fines de semana porque se sentía en su derecho, y yo me dedicaba a hacer recados y tareas de la casa los fines de semana porque me sentía responsable.

La mujer que me cortaba el pelo había trabajado diez años como enfermera en un hospital psiquiátrico. La mayoría de sus pacientes eran mujeres agotadas, me contaba, con maridos borrachos e inútiles, y demasiados niños. Cuando se quedaban allí confinadas, las mujeres estaban de vacaciones, durmiendo toda la noche seguida y con la comida servida en la cama.

En una fiesta, cuando estaba respondiendo a mi pregunta sobre los problemas de su matrimonio, una mujer interrumpió su respuesta para decir: *Pero tú sí que lo has pasado mal.* Había sentido la repentina necesidad de que yo hubiera sufrido más.

———

Unos meses después, John montó otra empresa. Se las había arreglado para hacerlo desde el banco, que había accedido a poner el capital inicial. Esa empresa tenía diez veces el capital riesgo de la primera, con lo que era diez veces más segura, decía él. Se le había ocurrido la idea de un espejo con conexión a internet. Podías aprender un idioma nuevo mientras te lavabas los dientes. Si querías, podías practicar el idioma mientras el espejo te grababa en vídeo. Después, los profesores de conversación evaluaban tus avances y te devolvían clases personalizadas para ayudarte a aprender más rápido. Llamó a la empresa Polyglot.

Teníamos que volver a mudarnos a Los Ángeles. Allí el alquiler de oficinas y los ayudantes eran más baratos que en Nueva York.

John se fue tan tranquilo a una clase de dibujo de tres horas mientras yo me quedaba limpiando la casa, yendo a la lavandería, mirando muebles de segunda mano por internet y haciendo chili. Volvió antes de la cuenta: él había querido pintar a una mujer y resultó que el modelo era un hombre, de modo que estaba de mal humor y se puso a jugar a la consola hasta que pasaron sus tres horas.

A mí me entró la típica furia, envuelta en la típica somnolencia. Me salí yo sola a la terraza, a oscuras, para refrescarme y calmarme después de un baño caliente. El árbol mayor se mecía. La Osa Mayor parpadeaba. El edificio de ciento cincuenta años crujía. Yo era un animalillo que pasaba por allí en el camino de vuelta a la tierra.

Por fin conseguimos tener una sesión con penetración. El tejido cicatrizado de la episiotomía estaba rugoso pero parecía ligeramente menos rígido.

———

Celebramos el cumpleaños de John en un *biergarten*. A la mitad de los invitados los había citado en otro bar, de modo que estos habían estado una hora esperando en ese otro local. Después de tres cervezas, se puso a enseñarles a sus amigos cómo cogía al niño. Lo levantaba y lo bajaba como si fueran pesas.

Me había prometido pasar la aspiradora por el salón después de la fiesta, pero a última hora del día estaba con espasmos en la espalda por haber cogido al niño como no debía. Pedimos cuarenta dólares en sushi para cenar mientras yo me angustiaba por su deuda con Hacienda. Luego limpié yo el piso.

Cuando terminé el dormitorio, donde él estaba viendo una película de acción que había visto cincuenta veces, me dijo: *Lo siento, no hago más que causarte estrés.*

Unas horas después me preguntó si estaría dispuesta a mudarme a Nueva Zelanda en caso de que consiguiera un trabajo allí, como para neutralizar la disculpa, o como para castigarme por haberle hecho disculparse.

———

Al día siguiente se me cayó la tapa de la cafetera y se dobló. John me reprendió y dijo que no podíamos permitirnos reemplazar todas las cosas que yo rompía, y entonces nos peleamos. Esa mañana él había comprado otra pila de cómics y había gastado mucho dinero en quesos buenos, como hacía siempre que teníamos invitados.

Esa noche venía a cenar a casa Felix, el amigo de John. Victoria se había quedado en Calgary con los niños.

Felix me preguntó qué tal me iba y yo le conté que estaba costándome intentar dar clases y escribir desde que tenía al crío. La niñera venía a casa quince horas a la semana. Era lo que nos podíamos permitir; lo pagábamos con el dinero de una beca que me había llegado justo a tiempo.

Felix me dijo sin inmutarse que criar niños era un trabajo a jornada completa, y que para qué estaba intentando siquiera escribir o dar clases. Sus hijos, un chico y dos niñas gemelas, eran mayores que el mío. Me lo dijo muy convencido, muy sereno. Sentí envidia.

Todas las madres a las que conocía estaban pasmadas por lo poco que conseguíamos hacer, con lo mucho que habíamos estudiado, con la de veces que nos habían dicho que podíamos hacer lo que quisiéramos, con haber tenido hijos en este país. Todas habíamos dado por hecho que continuaríamos con nuestras vidas anteriores, y que la única diferencia sería tener a un crío o a dos durmiendo tranquilamente en su moisés o jugando con sus juguetes mientras nosotras trabajábamos. No sabíamos que nos veríamos, circunspectas, cogiendo en brazos a una criatura chillona, incontinente y vomitona veinte horas al día. Dar el pecho me provocaba mucha sed, como me habían dicho que pasaría, y también me daba ganas de fumar a pesar de que nunca me había gustado cómo sabía el tabaco.

———

En el parque con los bebés, todas las madres más neuróticas le contaban sus confidencias a John. Cuando se lo comenté después, él me dijo: *Y los animales y los niños. Es porque soy un tipo tranquilo.*

A la mañana siguiente me desperté gritando *Socorro, socorro* por una pesadilla en la que mis padres se quedaban viendo cómo yo moría y no hacían nada por ayudarme. Cuando me desperté, pensé: ¡Qué bueno! Estoy accediendo a material antiguo y profundo.

Cuando John se levantó de la cama me dijo que se iba a pasar el fin de semana en el estudio, y posiblemente también la noche. A mí me entró un ataque de nervios y le grité: *Me das asco.* Luego John se fue en metro al trabajo. Una hora después me escribió un correo para decirme que estaba con diarrea.

———

El problema de pasar el día con un crío pequeño es que al final de la jornada estás agotada físicamente, vaciada mentalmente, y no tienes más prueba para demostrarlo que una casa sucia, ropa sucia, manos con la piel levantada y pelada, y la incapacidad para ver más allá de la primera infancia.

Mi personalidad y mi vida se vieron engullidas por la maternidad, y cada pocos días mi marido me echaba en cara que yo no tenía un trabajo a tiempo completo. El trabajo que suponía cuidar del crío era invisible para él.

El niño tuvo una pataleta que no paró hasta que se atragantó y se quedó callado, pero un par de días antes había intentado cogerme una peca del brazo.

———

¿Por qué estás tan enfadada? Mi marido me preguntaba a menudo por qué yo estaba mucho más cabreada que otras mujeres. Eso siempre me arrancaba una sonrisa. Yo estaba exactamente igual de cabreada que todas las mujeres a las que conocía.

No era que hubiéramos nacido cabreadas: nos habíamos convertido en mujeres y habíamos acabado cabreadas.

La rabia es uno de los últimos privilegios de los realmente desamparados. Los bebés están cabreados. ¿Alguna vez has pasado toda la noche cogiendo en la oscuridad a un crío que está chillándote a la cara? Eso te cambia, o al menos eso decía mi marido. Él lo había hecho una sola noche, dejarse chillar a la cara. Yo estaba a su lado, pero él siempre contaba la historia como si lo hubiera hecho solo. Los demás días y noches había sido yo la que estaba. Pero, por lo visto, aquella única noche había sido la que había marcado un antes y un después.

Mi madre me contó que yo había sido una cría muy feliz. *Todo te parecía bien*, dijo. Pero no tardé en enfadarme. Fui precoz.

Compadecía a los hombres por tener que permanecer igual toda su vida, por perderse esa rabia incontenible.

———

Buscamos a una niñera y salimos una noche a cenar. John escogió el restaurante. Los platos principales eran tremendamente caros, lo mismo que cuesta una cena entera.

John me animó a que pidiera un entrante y un plato principal. Él pidió una botella entera de vino. De perdidos al río, encargamos también postre y café. La cuenta superó los cuatrocientos dólares.

Me entró frío. Un hormigueo me recorrió el cuerpo. Me entraron ganas de vomitar.

¡Esto es una experiencia!, dijo John. *En esto es en lo que tendríamos que gastarnos el dinero, ¡en experiencias!*

Pero no era ninguna experiencia. Era comida, y acabó convertida en mierda, no muy distinta a la mierda en que convertíamos el resto de las cosas que comíamos.

———

En casa no conseguía relajarme; el niño siempre requería atención. Me quedaba agazapada, a la espera de darle de comer, ayudarlo a afilar una cera o lavarle los dientes. Ese estado de cautela impedía una inmersión profunda en cualquier otra cosa. No podía escribir, no podía ni pensar, porque para poder pensar o escribir necesitaba tiempo para luchar contra mi tendencia natural a flotar y bucear con afán hacia el fondo del mar, donde no llega la luz, donde podía vivir en mi cabeza y donde nada importaba salvo el pensamiento.

Cuando me tocó participar como jurado en un juicio, alcancé una especie de euforia. El móvil se me había quedado sin batería hacía unas horas y había llevado conmigo un libro. Leí hasta que no pude leer más. Esperé allí sentada tan tranquila, sola con mis pensamientos o charlando con las demás personas serenamente aburridas.

En casa también me aburría, pero innumerables sesiones cortas de aburrimiento a lo largo del día te reconcomían el espíritu más que siete horas seguidas de aburrimiento.

Con el niño siempre estaba preparada para ser interrumpida. No conseguía bucear hasta el fondo; allí abajo no lo habría escuchado. Así que me quedaba en la superficie, haciendo crucigramas, que exigían atención plena y remedaban la clase de estado mental del que disfrutaba en el fondo abisal. El pasatiempo remedaba ese estado, pero, por mucho que lograra terminar uno, el resultado era inútil. No quedaba residuo, nada que permaneciera.

Era como el trabajo de la casa, que consiste, por definición, en tareas que se deshacen a diario. A diario hay platos por lavar y lavadoras que poner. Barrer el suelo de la cocina, sacar la basura. A diario recoger el correo y encargarme de él. A diario leer y responder al correo. A diario lavar el cuerpo. El baño se ensucia; límpialo. Pasa la aspiradora y la mopa por los suelos y el trapo por los muebles. La ropa se queda pequeña y se estropea; hay que ir a la peluquería, al dentista, al médico. No hay tiempo para la atención profunda, solo mil tareas.

Al principio empecé asumiendo yo más tareas de la casa porque pasaba más tiempo en el piso, porque ganaba menos, y el trabajo doméstico se convirtió en una especie de penitencia, o una forma de demostrar mi valía. Al poco ya estaba haciéndolo todo, y John me acusaba de querer controlarlo todo, pero su acusación, por cierta que fuera, no llegaba a reconocer la razón por la que sucedía.

———

Sentí un gran desconsuelo previo al viaje de John a Calgary por trabajo. Sus principales inversores vivían allí, así como la mitad de la junta. Las conexiones con Alberta son complicadas. Limpié la casa como una loca, como para borrar todo rastro de él, para conseguir un sitio ordenadito en el que sentirme sola.

El niño anduvo con paso confiado por todo el piso, todo el día. De vez en cuando se apoyaba en una pared y lloraba, como si añorara los días en que mamá lo cogía en brazos.

Luego un día se comió él solo medio plátano. Y aunque no se había comido la pasta que le había hecho la semana anterior, hice un poco más para la cena y se comió tres cuencos. Le di de comer con una cuchara. Al final estaba sonriendo con ganas y aplaudiendo a cada bocado.

Después de la cena me vio utilizar una bayeta húmeda para limpiar un poco de leche derramada. Cuando dejé la bayeta en la mesa, él la cogió y frotó igual que había visto hacer a mami.

———————

Incapaz de centrarme en un libro, leía por encima miles de palabras por internet, intentando no rendirme y ponerme a hacer un crucigrama. Luego, por la tarde, el niño no paró de toser y se puso a llorar como un loco y no quería que lo cogiera. Salí corriendo al médico con el niño en brazos, un pijama sucio y sin sujetador. Para cuando llegamos a la consulta, había echado la flema a fuerza de toser y había dejado de llorar.

Luego John volvió de Calgary. El niño lloró cuando su padre lo cogió en brazos. Yo me sentía entumecida.

Pequeños abrazos y pequeñas pataletas espontáneos. El bebé se había convertido en un niño pequeño, con grandes emociones. Era tan bonita su frustración, pura y sollozante...

El niño estaba haciendo garabatos con una cera mientras John se colaba a escondidas en la cocina y se comía lo que yo le tenía preparado al niño para el almuerzo.

Esa noche, después de dar mi clase, salí con el jefe del departamento y volví a casa borracha en el metro. En la parada de Penn Station había un trío de jazz, tres tipos dándole caña a un saxo, un contrabajo y una trompa, y tuve que contener las ganas de echar todo lo que tenía en la cartera en la funda del instrumento.

———

No me di cuenta de que estaba comiéndome con los ojos al escritor famoso. Madre mía cómo estaba. Conseguí sentarme con otros colegas en la cena. Cuando me tuve que ir a coger el metro, fui rodeando lentamente la larga mesa. El escritor famoso me dijo que sentía que no hubiéramos podido cotillear. *Pero la última vez aprovechamos bien*, añadió.

Luego, en el metro de vuelta, ocurrió algo realmente sorprendente. Sentada sin más en un asiento, vibrando con los vaivenes del vagón por las vías, me corrí.

———

Di un largo paseo y comí con mi marido antes de que él volviera a irse el fin de semana a Calgary. Para ahorrar dinero, siempre que subía a ver a los inversores de Polyglot se quedaba en casa de Felix y Victoria.

Yo siempre dormía la mar de bien cuando John no estaba y empecé a sospechar que él había estado despertándome por las noches.

———

No sabía que ibas a venir, me dijo el escritor famoso cuando llegué a la fiesta de presentación de su nuevo libro. Antes de irse, me pasó el brazo por los hombros brevemente y yo le acaricié la espalda como una tonta.

¿Qué, te has comprado ya el Porsche?, le pregunté con desdén, para castigarlo por el sentimiento inmanejable que me provocaba. Acababa de recibir un adelanto colosal por un libro y quería comprarse un 911 clásico.

Vergüenza poderosa y palpable. Quise atropellarlo con un coche. Quise sentarme a su lado en una cena que nunca ocurriría y que sus dedos me cosquillearan la piel bajo la rodilla.

Le escribí a la mañana siguiente a las 7.42 con un claro objetivo. *Siento haberme reído de ti por lo del Porsche. No me odies, por favor.*

Después lo único que tenía que hacer era aceptar que él no respondería y masturbarme luego discretamente con el tema durante una década.

Pero me respondió a las tres horas: *No me había dado cuenta de que estabas riéndote de mí hasta que me lo has dicho, así que justo estoy empezando a odiarte en estos momentos. Aparte, puede que mejor me compre un Jaguar y en algún momento querrás montar.*

Dos horas después le contesté: *Intentaría comportarme como una señorita.*

Esa tarde tuve que acariciarme en mi despacho antes de la reunión del claustro.

El niño abrazó su blandito cachorro de oso polar. Luego lo devolvió a la caja de los juguetes. Luego volvió a sacarlo y le dio otro abrazo.

Mientras lo veía jugar, me imaginaba una comida escandalosamente cara con el escritor famoso, tras la cual él sugería coger un taxi e ir a un hotel.

El deseo no me dejaba dormir. Jadeando en la cama junto a mi marido dormido me preocupaba despertarlo. Ni siquiera estaba haciendo nada.

Me imaginé subida en un Jaguar con asientos de cuero color crema.

Ese nivel de excitación no podía durar, imposible.

Leí las primeras páginas de la última novela del escritor famoso. La prosa era mala, pero ver su nombre en el lomo de la sobrecubierta, allí sin más en el suelo al lado de la cama, me sacó los colores.

Destetar al niño me había hecho ovular por primera vez en dos años. Un huevo pequeño pero poderoso.

————

John me vio preparar la comida, limpiar y hacer tareas de la casa durante toda la mañana y después dijo: *Ah, que no te lo he dicho, luego en la siesta del niño tengo pensado ir a que me den un masaje.*

En lugar de llorar, le expliqué que en vez de ir a que le dieran un masaje podía ir a comprar una bombona para la barbacoa o meter en el coche el parque cuna y el asiento del crío que se habían quedado pequeños para devolvérselos a Hannah.

Cuando pasaba tiempo con mujeres que no tenían hijos y les explicaba que no había trabajado mucho desde que había tenido al niño y me había mudado dos (pronto tres) veces de una punta a otra del país por el trabajo de John, ponían todas una cara de pena que daba miedo.

Congelé los cuarenta dólares de vieiras que John había comprado por puro capricho. Cuando me llamó desde el trabajo, le dije que era muy infeliz y me di cuenta entonces de que hacía mucho tiempo que él no me escuchaba tanto rato seguido. De haber estado en casa, me habría interrumpido, me habría llamado loca y habría salido del cuarto.

————

Ese fin de semana los dos fuimos a darnos un masaje, por turnos, mientras el otro se quedaba con el niño. Sentí que la masajista cosechaba todo el dolor de mi cuerpo. Yo estaba igual de maleable y dócil que una brizna de hierba. Ya me daba igual lo que me pasara. Estaba preparada para el dolor. Era negro, una capa de líquido negro invisible en mi interior. Salió todo a flote. La extracción fue dolorosa, como sajar un forúnculo.

El masaje provocó una cagada colosal, el acallamiento de mi ansiedad, un sueño profundo y una sensación de intenso bienestar que llevó a un trabajo sereno y lleno de confianza en la reseña de un libro.

Al día siguiente John se quedó en casa. Yo arreglé la casa mientras él cuidaba del niño y luego nos turnamos y cada uno trabajó un poco en lo suyo. Al final de la jornada dije con una ingenuidad absoluta: *Es el mejor día que he pasado en mucho tiempo. ¿Y sabes por qué? Porque lo he pasado contigo.* Ni siquiera era consciente de que iba a decirlo hasta que lo dije.

———

Ese año había jurado que juntaríamos nuestro dinero y contrataríamos a un asesor financiero, pero era ya verano y todavía no lo habíamos hecho. Sentía un profundo bochorno por la forma tan insensata de derrochar que tenía John.

Todo el día pataletas, quemaduras solares, ampollas y agotamiento.

Cuando el niño me vio tirando del gran cesto verde de la ropa sucia por el pasillo, corrió hasta mí y me ayudó a tirar de él. Una vez que metimos la ropa en la lavadora, le dije que era muy buen ayudante, y él dijo: *Ayuda.*

El niño paseó los siguientes objetos en su carrito de juguete: un camión de juguete, un martillo de juguete, un libro sobre camiones. Pasear al conejito no le interesaba.

John pilló un resfriado y se puso demasiado enfermo para celebrar nuestro aniversario. Aun así, cuatro años.

———

El amor que sentía por el niño me dejaba incapacitada. Costaba no entrar en su cuarto para observarlo dormir.

Tenía una paciencia infinita con mi hijo de un año, al que le exigía el comportamiento de un niño de dos años, y prácticamente cero paciencia con mi marido, al que le exigía el comportamiento de una madre.

Cuando John y yo volvimos de una salida temprana a cenar, la niñera nos dijo que el niño la había llevado a ella a hacer el baño a su hora, luego a la hora del cuento, y que nunca había visto a un bebé hacer algo así. *Este niño es un prodigio de la naturaleza*, dijo. *Hay quien piensa que estoy loca por criarlo con una rutina tan férrea*, dije. *De loca NADA*, contestó.

A la mañana siguiente, John volaba a Calgary para otra reunión más con los inversores.

Antes de irse, me dijo que yo era demasiado estricta con las rutinas, para mí y para el niño.

———

Al escucharme cantarle al niño «Frog Went A-Courtin» John dijo: *Qué suerte tengo de tener una mujer con una voz tan bonita.*

John trabajaba duro para mantenernos a los tres. Yo solo había vendido un libro más. A mí mi suerte me daba vergüenza.

Tuve una ovulación intensa, como siempre en esa época. Ovulaba como una madre. Cada vez que John me trataba bien, mi cuerpo reaccionaba al instante. Mi cuerpo quería que me volviera a quedar embarazada, pero no nos dio tiempo a follar antes de que se fuera a Calgary.

———

Para cuando John volvió, yo estaba rendida: el desorden, la mugre, la intolerable lentitud para completar tareas, que asumiera constantemente que yo quería ver vídeos por internet. El niño seguía echando los dientes, llorando, sin dormir. Seguía habiendo gente que creía que yo tenía tiempo para otra cosa que no fuera cuidar del niño, llevar la casa, salvaguardar mi matrimonio y hacer el mínimo absoluto de trabajo necesario para convencerme de que todavía era escritora.

Tenía un niño pequeño, veinticinco horas de guardería a la semana, y un marido que trabajaba mucho y viajaba constantemente. No salía. No viajaba. No hacía ejercicio. Limpiaba la casa por zonas y pensaba en frases completas solo cuando dormía.

Un día mi monólogo interno se convirtió de pronto en una voz extraña que me decía que John y el niño estarían mejor sin mí, que debería morirme y ya está, que no servía para nada. *Los sentimientos de inutilidad y las ideas suicidas son síntomas de depresión*, me dije en medio de aquello, pero me sentía como si alguien estuviera gritándome esas cosas todo el día.

La gata se pasó dos horas seguidas aullando en plena noche y yo enloquecí de rabia hasta que llegó John a la una y media de la madrugada.

Me superaba la perspectiva de tener que mudarme a la otra punta del país por tercera vez en menos de cuatro años. Si no hubiéramos tenido el estudio de John, o un niño pequeño, o una gata, si hubiéramos tenido guardería, casa y coches esperándonos, si no me diera miedo conducir por autovías de mil carriles, si no estuviera deprimida, si... Aunque ni por esas habría dejado de ser duro.

———

Me tomé medio calmante por la tarde, angustiada ante la perspectiva de aterrizar en California y que John se fuera a trabajar doce horas después, y no tener ni guardería, ni coche, ni internet, ni la capacidad para ducharme, comprar comida o entrevistar niñeras.

John se fue a Calgary otra semana más. Me tomé un calmante después de almorzar, angustiada por que el niño fuera a sentirse inseguro cuando nos mudásemos. Según internet, los niños pequeños se adaptan fácilmente a todo. Para la noche casi me había convencido.

La gata maullaba por la noche mientras el niño tosía.

John volvió de Calgary pero se pasó la tarde recogiendo las cosas de su estudio.

Mis horas eran siempre solamente de intensidad febril o de vacío absoluto.

Y entonces nos mudamos a Los Ángeles. El vuelo fue tan mal como me había temido —el niño chillando y pataleando durante todo el descenso y media hora a mitad de vuelo—, pero no peor.

———

John volvió a irse a Calgary. Vino una niñera que me enseñó que yo había instalado mal el asiento del coche. Los de la mudanza llegaron con nuestras cosas antes de tener tiempo para salir en busca de paté para esconderle la pastilla a la gata. La gata se escondió. Los de la mudanza se fueron. Desempaqueté unas cuantas cajas. Ya no tenía la energía para hacerlo todo como una bala.

Organicé entrevistas con más niñeras. En una semana tendríamos quien cuidara al niño y todas nuestras pertenencias y, soñar es gratis, cortinas.

Sé que puedes hacerlo porque lo haces por la noche. Sé que puedes hacerlo porque sé que eres valiente. Dije esto mismo mil veces seguidas para conseguir que el niño se pusiera de pie tranquilo en su cuna y luego se sentara tranquilo. Luego tuve que cambiarle el pañal y el hechizo se rompió e hice de tripas corazón. Dos horas después entré y me lo vi sonriendo y divirtiéndose él solo.

———

Solamente hacer de madre y de ama de casa. Me sentía como si hubiera dejado que el coche se saliera lentamente de la carretera y me hubiera chocado con un muro de nieve. El airbag se abría. En grandes letras rosas ponía: *¡Felicidades! ¡Tienes cuarenta años y dependes económicamente de tu marido para todo!*

En la que fue la peor pelea de nuestro matrimonio, grité: *Que te follen, te odio, cállate*, lo peor que se te pase por la cabeza. John no podía contenerse de darme consejos en lugar de decir lo que yo estaba pidiéndole que dijera, que era: *Sé que estás pasando por una época dura.* Luego, cuando le dije que no quería consejos, me repitió una y otra vez: *Tú fuiste la que preguntaste qué tenías que hacer el primer día que vino la niñera a jornada completa.* Lo único que le importaba era creer tener razón en algo.

Fui a dar un paseo con una vecina y le pregunté si había trabajado últimamente.

—*He tenido un par de trabajos sueltos, pero este verano nada.*

—*¿Y lo llevas bien?*

—*Sí, ahora mismo no estoy buscando encargos nuevos. Ya con mantener el fuerte y cuidar de los niños es suficiente. Y mi marido ha estado rodando una película en Toronto, así que hemos estado yendo y viniendo.*

Quería decir que criar niños y llevar una casa era un trabajo a tiempo completo.

Hice otra amiga nueva en el parque. Le dio el pecho a su asilvestrado, escandaloso y feliz niño mientras mi hijo se quedaba enganchado a mí. Deseé ser tan valiente como ellos.

Cuando el niño se echaba una siesta, yo no sabía qué hacer aparte de limpiar la casa. No me quedaba nada de mí misma.

Luego llegó otro cumpleaños mío que me pasó igual de desapercibido.

———

Estuve jugando con el niño por la tarde y me di cuenta de que me gustaba pasar tiempo con él, de que era mi persona favorita, de que no me quedaba nada para nadie más, y me dio vergüenza de mí misma.

Hoy he sido una buena mujer de mi casa, pensé. Llevaba un mes sin escribir nada, casi nada en más de un año.

La segunda niñera canceló la cita, alegando que tenía un pie mal. Le pedí a la primera que volviera.

La segunda niñera volvió a cancelar. Llamé a una tercera a las ocho de la mañana y, desesperada, la contraté.

La tercera niñera llegó media hora tarde y volvió media hora tarde del parque, pero el niño venía encantado con ella.

La segunda niñera llegó tarde en lo que todavía no sabía que era su último día.

Después de eso, la tercera niñera me canceló un día entero porque había olvidado que era puente y había prometido trabajar en otra casa.

Despedí a la segunda niñera. Antes de irse, pegó el chicle en la cuna del niño.

Entonces temí que intentar seguir siendo escritora me volviera irreconocible, quemada hasta los huesos por la rabia y la frustración. Era la única parte de mi vida, pensaba yo, en la que podía ejercer la elección. La condición de mujer de mi casa y la de madre eran irrefutablemente permanentes, pensaba.

La tercera niñera llegó con una bolsa de viejos juguetes de su hijo. Llevó al niño a jugar con sus amigas y con los niños que cuidaban estas. Hicieron un pícnic en el parque y el niño volvió a casa dormido. En los últimos minutos, lavó los platos y ordenó los juguetes. Yo estuve sentada el mayor rato seguido que había estado en meses y me quedé mirando cómo me salvaba la vida.

Como para recordarme que no debía relajarme —ni relajarme ni sentirme segura en ningún momento—, el niño se puso a chillar y a llorar a la hora de dormir. Llevaba meses sin hacerlo, puede que un año incluso. Se calmaba cuando lo tenía en brazos, pero no quería quedarse en su cuna. Y John había salido para celebrar la gran reunión que había tenido con el comité de inversores de Polyglot.

Y así terminaron mis cuarenta y ocho horas de sentirme a salvo, segura y capaz de volver a trabajar.

———————

La tercera niñera limpió y recargó la bolsa de los pañales sin decirle nada, y al niño le encantó ver a la primera niñera, que relevó a la tercera después de la siesta. Me embargó la alegría del alivio, y el placer de ser yo un día entero.

Un sábado que John y yo estábamos haciendo unos recados, nos encontramos a una amiga que estaba embarazada. Esta mencionó con tímido orgullo que su marido estaba en su paseo semanal de dos horas en moto. *¿Semanal? Que se vaya olvidando,* dijo John con una sonrisa lúgubre. Ella no tenía ni idea. Yo no había tenido ni idea.

Me invitaron a dar una conferencia a tres horas en coche de donde vivíamos, pero no me pareció que pudiera ni llevarme al niño conmigo ni dejarlo en casa sin llevarme también a John a remolque. John no podía ir. Yo no podía hacerlo. No fui.

La tercera niñera me enseñó fotos del niño jugando con otros niños, del niño llevando un carrito de juguete, del niño con su chubasquerito puesto. Me llegó al alma ver lo mucho que había crecido lejos de mami.

John estaba otra vez en Calgary. Yo me pasé todo el día planeando la logística de nuestro viaje a Alberta para la fiesta de reencuentro de su promoción de la facultad. Todavía se me antojaba una circunstancia temporal, lo de escribir solo unos minutos al día, y no que fuera la vida que me esperaba en adelante.

Ovulé ni diez minutos después de entrar John por la puerta esa noche. Mi cuerpo quería otro hijo, y sabía que las posibilidades de tenerlo eran escasas, así que intentaba ponérmelo fácil.

———

Un día le pregunté al niño: *¿Qué quieres ser de mayor?*

Mamá, respondió.

———

Una vez en Alberta, y bajo una lluvia helada, no nos dejaron entrar en la reunión de la promoción de John porque, según nos explicó su compañero de clase, él no había hecho el registro. De las doscientas personas de su clase, él era el único que no estaba en la lista. John alegó que era culpa de la facultad, que él había hecho la preinscripción como todo el mundo, que no era culpa suya.

John no paraba de decirme que intentara que no se me notara en la cara. Que disimulara lo que sentía para que nadie se diera cuenta, para que nadie pudiera ver en ella la prueba de mi vergüenza y de mi humillación, que para entonces siempre sentía yo por John para que él no tuviera que sentirla nunca.

Allí estábamos, nuestra familia de tres: un hombre calmado y razonable, un niño sereno y adorable y una mujer amargada y furiosa. Se me notaba en la cara. En mi cara de bruja perversa y cabreada.

En el rincón más siniestro de mi mente veía cómo, en algún momento del futuro, perdíamos la casa, nos quitaban al niño, y John no creía ni por un segundo que él hubiese hecho algo mal.

Tres días después estábamos con las maletas listas para irnos. John anunció que dejaríamos la cuna y la mesa de actividades que habíamos alquilado a las puertas del edificio, lo que nos haría perder la fianza, en lugar de pedirle a un vecino que guardara lo alquilado en su casa. John tenía miedo de pedir ayuda. Cuando él se puso a interrumpirme mientras hablaba, yo chillé: *Ya está bien.* El niño vino corriendo a poner la cabeza en mi regazo. Me tomé un calmante, pero el daño ya estaba hecho.

———

Cuando John viajó a Corea para reunirse con unos inversores potenciales de Polyglot, repartió los regalos que yo había envuelto en papeles de colores adecuados para su cultura, en un número adecuado para su cultura. Al volver a casa me contó que un ingeniero coreano le había preguntado: *¿Esto lo ha envuelto un coreano?*

Luego tuvo que irse a una tienda porque se había dejado el cargador del móvil, unas revistas de arte por valor de cincuenta dólares y las tres guías de viaje que yo le había mandado por correo urgente en un taxi de Seúl.

El niño cogió el mazo de la marimba y dijo: *Chupachús.* Sí que parecía un chupachús. Luego se quedó pensando un momento y dijo: *Avión. Rojo.* Se había comido un chupachús rojo en el avión de vuelta de Alberta. Ese día supe que mi hijo era capaz de contar una historia.

Limpié la casa entera para evitar pensar que John se iba otra vez a la mañana siguiente.

Al día siguiente me llamó desde Calgary y me dijo que la reunión había ido bien, que le habían extendido un préstamo a corto plazo y que se esperaban nuevos inversores. Le dije que o encontraba una fuente de ingresos estable para el invierno o lo dejaba, pero yo no tenía ningún plan, solo palabras beligerantes.

En la época en que estaban saliéndole las muelas, el niño me miró con cara de culpabilidad al llevarse unas piedras a la boca, a sabiendas de que no debía metérselas.

———

La tercera niñera vino por la tarde. John y yo nos fuimos a dar un paseo de una hora, nos tomamos una copa en un bar del barrio y vimos una película mientras el niño dormía. Fue el mejor día desde que habíamos vuelto a California.

John seguía interrumpiéndome cuando hablaba, diciéndome que mis sentimientos eran estúpidos, culpándome de nuestras peleas, saliendo del cuarto en mitad de una conversación y diciendo que la suya le parecía una reacción razonable ante lo loca que yo me ponía.

Se rió mientras decía de carrerilla las palabras de una disculpa. Parecía aterrado de que, si se disculpaba sinceramente por algo que había hecho sin querer, fuera a morir.

La risa: a veces le decía que parara, pero hablar de la risa no hacía más que reforzarla, y él seguía riendo, seguía sabiendo que podía avivar así el fuego de mi rabia. Una noche, a oscuras, después de pedirle que se fuera a otro cuarto a ver la película para que me dejara dormir, cogí la botella de agua y la blandí sobre él diciéndole, rogándole, que por favor, que se apartara de mí, porque, si no, le iba a pegar en la cabeza hasta que sangrara.

Al día siguiente, el niño contó de buenas a primeras hasta seis, mientras iba señalando las lámparas colgantes de la cocina.

———

El médico de digestivo se mostró preocupado por lo reducido del calibre de mis heces. ¿Estaría llena de tumores? Le pedí a John que me hiciera un examen rectal. Vimos juntos un tutorial por internet. Me coloqué a los pies de la cama. John se puso las gafas de leer y me dijo: *Vas a sentir un dedo dentro del recto. Ten en cuenta simplemente que uno de mis dedos es mucho más grande que los otros*, y entonces me dio la risa, tanto que pegué un grito cuando me tocó el ano y tuvimos que cancelar la operación.

La noche siguiente me fui hasta los pies de la cama y no me reí. John me dijo que él no sentía ningún tumor.

Pero yo seguía sin poder dormir. *Ya tendrías que estar dormida,* me dijo John con cariño a la una de la mañana.

Luego se fue a Calgary a primerísima hora.

————

Algo más tarde esa misma mañana el niño se cayó de la cama. Fui corriendo a su cuarto. Dijo *caío, caío* quinientas veces. Lo convertimos entonces en una letanía.

—*¿Qué pasó cuando te caíste?*

—*Mami vino.*

—*¿Y qué pasó cuando vino mami?*

—*Cugió.*

—*¿Qué pasó cuando te cogí?* [Silencio.] *Que no te pasó nada. ¿Y por qué no te pasó nada? Porque eres un valiente.*

Cuando el niño se despertó de la siesta, lo primero que dijo fue *caío.* Me partió el corazón.

Pegué a la pared la parte abierta de la cama y recé para que no intentara ponerse de pie y no se colara entre la camita y la pared, se asustara y se partiera las espinillas.

Pasé casi toda la noche en vela, preocupada, pero por la mañana él estaba tan contento sentado en su cama.

John volvió a casa y yo estaba que no me creía mi suerte por tener una familia tan feliz. No era felicidad; era el cese temporal del dolor. Pero tuvieron que pasar otros siete años para que me enterara.

———

John había empezado un negocio que no salió adelante, nos había hecho mudarnos tres veces y había seguido con su arte, que era un continuo coladero de dinero, exigía más viajes todavía e implicaba envíos perdidos y rotos que luego yo tenía que andar persiguiendo.

Me levantaba por la mañana y miraba la lista de cosas que tenía que hacer y decía en voz alta: *Menos mal que no trabajo.*

El niño se despertó una noche llorando, soliviantado. Fui al cuarto y John vino detrás. Nos costó media hora calmarlo y una dosis de ibuprofeno para conseguir que volviera a dormirse. Estaba echando los dientes y salivaba como una cascada. Le dije que la medicina iba a ayudarle a sentirse bien y cansado. Que él tenía que ayudar a la medicina a hacerle efecto. *Camita,* dijo al final, para que lo echara en su camita, y eso hice, y se tumbó y cerró los ojos. John nos miraba alucinado.

Al día siguiente encontré un botecito de plastilina en un cajón del escritorio. Le hice un cerdito de plastilina al niño y unas cuantas uvitas de plastilina, que él le dio al cerdo para comer. El cerdo crecía conforme comía su comida. Ese día hice cuatro cerdos.

Luego el niño se echó una siesta, a Dios gracias. Hacía calor y sentí un hormigueo por manos y pies al volver en coche del parque, como me pasaba al principio de las recaídas de mi enfermedad autoinmune, y John se limitó a ponerme la mano en el muslo y supe que no iba a pasarnos nada malo. Yo era una persona con suerte, tenía una suerte increíble. Y quizá ni siquiera fuera una recaída; puede que fuera solo el calor del coche.

———

Luego me fui a mi primer viaje sola como madre, a una facultad de Pensilvania. Iba ronca por un catarro.

En el aeropuerto de Newark se me puso a hablar una mujer. *¡Veo que es usted una hormiguita, ahí trabajando con su portátil! ¡Lo había pensado, que era usted escritora!* Me dio su tarjeta de visita, que incluía un versículo de Efesios que me explicó que era la oración de la Armadura Espiritual.

Revístanse de toda la armadura de Dios, dice en Efesios.

Aunque yo la utilizo como oración diaria, me dijo. También me recomendó un remedio de hierbas para recobrar la voz.

Cuando me bajé de la avioneta en Harrisburg, me despedí de la mujer. *Espero que encuentre usted el remedio*, me dijo, *aunque he rezado para que no lo necesite.*

Con toda la armadura de Dios, di mi charla sobre el oficio y me tomé una sabrosa cena y leí y firmé libros y contesté a un montón de preguntas. Sin tos ni fiebre en toda la tarde.

Luego me entró conjuntivitis y empecé a lagrimear un liquidillo verde.

Me desperté a las tres de la mañana y tosí y saqué casi todo lo que tenía en el pecho. Me compré colirio en el aeropuerto. Toda la armadura de Dios.

Me salía una voz de mujer a la que le gustaba fumar y hablar a voces en los bares. La gente parecía asumir que yo era simpática. Con mi nueva voz, atraía simpatías. La gente me hacía preguntas que desembocaban en conversaciones insustanciales ante las que una semana antes habría puesto cara de hastío. Agradecida por ser capaz de sacar cualquier sonido de la garganta, hablar me parecía un placer.

Le escribí a Hannah: *Acabo de volver de un viaje a Pensilvania de lo más alucinógeno. He conocido a un mono capuchino y he cogido conjuntivitis.*

———

La noche que volví a casa tenía una tos tan fuerte que temí provocarme un infarto.

Me sentí aliviada a la par que triste de que John hubiera sido capaz de cuidar al niño sin mí. *Hemos sobrevivido tres días*, me dijo en tono lúgubre. *Cuando unos científicos fueron capaces de curar un tumor a un ratón, dijeron: «No sobreestimemos lo que hemos sido capaces de hacer. No hemos curado el cáncer. Hemos curado un tipo de cáncer en un solo ratón».*

Como en reacción a esas palabras, al día siguiente el virus del catarro me desencadenó un brote de mi enfermedad autoinmune crónica, que llevaba diecisiete años en remisión. No me sentía los pies. Mi capacidad para andar y para respirar empezó a desdibujarse.

Al ver la debilidad que tenía en el diafragma y los flexores de la cadera, tardaron solo unos minutos en ingresarme desde urgencias.

John tenía una mala cara horrible.

Al tercer día seguía costándome mucho andar. Diecisiete años antes, no había estado así hasta el noveno día.

Necesitaba someterme a la terapia de infusión para poder volver a casa y cuidar al niño.

Después del primer día de infusión me costaba aún más andar. El diafragma seguía débil, al parecer. Yo no apartaba la vista de mi objetivo, que era recuperarme pronto para volver a casa y ser la madre del niño.

Para el tercer día, casi no tenía tos y había recobrado fuerza en el diafragma, pero el entumecimiento y los flexores de cadera habían ido a peor. Ya tenía la cara hinchada después de dos días tomando esteroides. Se me infiltró la vía y tuvieron que ponerme otra. ¿Deprimida al tercer día? No había tiempo para eso. Descarté la idea.

El neurólogo de guardia me dijo: *He leído su historial y la verdad es que es bastante heroico.* Se quedó impresionado con mi fuerza, me preguntó si hacía pesas, si alguna vez había sufrido complicaciones respiratorias. *Nunca me han intubado, aunque sí que estuve en cuidados intensivos varios periodos largos.* A él mi sufrimiento le parecía ya épico.

Recibí el alta a los cinco días. El niño se comió su almuerzo encima de mí y jugó conmigo mientras yo estaba tumbada bocarriba en el sofá. Parecía no importarle que no pudiera cogerlo.

La niñera había limpiado la casa entera y había dejado hecho un arroz con leche de coco.

John canceló el segundo de una serie de viajes de negocios. Tenía una mala cara horrible.

Me agaché y me levanté varias veces del suelo. Con el niño en brazos. Más o menos me las arreglaba para cambiarle el pañal salvo por el traslado final del cambiador al suelo. A esas alturas yo ya no sabía qué era debilidad y qué cansancio.

La depresión impide la curación, y yo me negaba a obstaculizar la curación.

Caminé seiscientos cincuenta metros, cogida del brazo de John.

Luego a la niñera le embargaron el coche y John se fue a Calgary.

El niño vino con un embudo al cuarto, lo levantó en alto y dijo: *¡Recogedor!*

———

Llevé al niño al parque. Las manos se me entumecieron al sol y tuve que ponerlas bajo el agua de una fuente, para intentar recobrar la sensibilidad.

El niño se me escurrió prácticamente hasta el suelo desde los brazos debilitados mientras lo cargaba por las escaleras del piso, así que, por supuesto, se despertó. Luego salió corriendo del cuarto después de haberlo metido en la cama para que durmiera. Que Dios me asista. Lo volví a llevar y se quedó en la cama hablando solo una hora entera.

Al día siguiente no podía moverme.

Con la niñera mala, John llevó al niño al parque.

Las aguas nunca volverían a su cauce.

John tenía un flemón y pagó en metálico por la extracción del diente. Esa noche a mí me dio un ataque de ansiedad mientras iba a recoger los tallarines al chino.

El niño vio mi página web. *Es una foto de la cara de mi mamá.*

———

Había empezado mi quinto libro poco después de casarme con John, y él me había hecho algunas sugerencias. Ese libro vendió menos ejemplares que el precedente. Después de eso, durante años, cada vez que se hablaba del libro en alguna conversación, daba igual dónde estuviésemos, él siempre decía: *Tendrías que haberlo hecho por capítulos. Tendrías que haberme hecho caso a mí. Ese libro se vendió fatal.* Una y otra vez, durante meses y años, incluso delante de gente, yo le pedía que parara, pero nunca paró. Sus críticas eran imposibles de reconciliar con mi empeño en que estaba felizmente casada, así que me negaba a reconocerlo.

De ahí en adelante, cada vez que escribía algo, temía que John lo utilizara para dejarme en ridículo. Y lo hacía, y a mí me daba vergüenza estar casada con alguien que parecía disfrutar con eso.

Un día John volvió temprano a casa del trabajo, en teoría para ayudarme a cuidar del niño mientras yo terminaba de escribir una reseña. Se echó una siesta de una hora, derramó un vaso de té helado en la alfombra del niño y se dedicó a limpiarla con una toalla de mano nueva. Le dije que fuera a por un trapo de cocina. Luego dejó tres trapos empapados encima de la cesta de la colada. Cuando me enseñó el pan cutre que había comprado en el supermercado, a pesar de que yo le había dicho que fuera a la tienda ecológica, estallé y él me dijo que estaba exagerando.

Podía haber trabajado en la reseña, pero no me veía con fuerzas.

Bambú va a cambiarse. El niño puso a su osito Bambú bocarriba en la mesa. Yo cogí una montañita de pañuelos de papel y le hice un pañal al oso. *Quieto ahora, Bambú*, dijo el niño.

Limpié la casa entera para evitar pensar en que John se iba otra vez a la mañana siguiente.

———

Cuando el niño se mojó y lo llevé al baño, lloriqueó y se retorció y yo le grité: *¡Estate quieto!*, y él se quedó callado sin más y apartó la vista, pareció evadirse del momento presente. Luego rompió los dos mazos de mis viejas campanas tubulares y tuve que hablar por teléfono con un editor mientras lo tenía a él entre los pies. Cuando John volvió a casa a las cinco, yo ya me había tomado dos copas de vino.

Le conté a John que mi editor quería cambiar de revista y había incluido mi nombre en su carta de solicitud. *Así que ya son dos los editores que utilizan tu nombre para buscar un trabajo mejor*, dijo él. Yo no recordaba al primero. Me sorprendió que él sí.

El niño se empeñaba en abrazarme cuando hacía caca. En otros países, había niños siendo mutilados por bombas. Yo no tenía ningún problema.

John se fue cuatro días. Yo sabía que era un privilegio que esa semana mi principal problema fuera que quería a mi marido y que iba a echarlo de menos mientras él trabajaba para mantener a la familia.

Se me saltaban las lágrimas del miedo que me daba no ser capaz de delegar el ritual de ir a la cama en la niñera nueva, atravesar la ciudad en coche, ida y vuelta, dar mi primera clase en una facultad nueva y despedirme de la tercera niñera para siempre mientras John estaba fuera toda la semana.

El niño apareció con el envoltorio de un caramelo de zinc en la mano y dijo: *He buscao papel de garganta malita.*

———

John se burló de mí a un palmo de mi cara hasta que no aguanté más y le pegué una bofetada. Él me dio un palmotazo en la cabeza, por detrás. Encargué un libro sobre relaciones de maltrato. Nunca hablamos del tema.

Hannah sugirió que mi carrera profesional hacía que John se sintiera inseguro, pero que eso yo no podía cambiarlo. El libro decía que yo sí podía cambiar cómo reaccionaba ante el desdén de John, y que en esa elección era completamente libre.

Yo solo deseaba poder escribir a todos mis conocidos un correo: *Estoy aislándome a mí misma porque es agotador fingir que mi matrimonio va bien.*

Al día siguiente apenas miré a John, y él no me denigró en todo el día. Esa noche lloré.

Le pedí a John que se disculpara por herir mis sentimientos, y lo hizo. *A lo mejor podemos superarlo sin necesidad de ir a terapia*, dijo una esposa por billonésima vez en la historia de la humanidad.

———

Renuncié a un bolo literario muy bien pagado por la inauguración de una exposición que de repente John ya no iba a hacer. Le pedí explicaciones y él me contestó con un *Yo soy el que mantengo a esta familia.*

Esa vez nuestro matrimonio parecía haber padecido una herida que el tiempo y la bondad quizá pudieran reparar. ¿Qué iba a hacer? Seguí adelante por el niño. Si conseguíamos superar ese año, se cumplirían nueve desde que nos habíamos conocido.

Esto es lo que le dije a mi marido ese día:

A mí tú no me llamas zorra y te vas del cuarto. No pienso tolerarlo más. Me dolería y me avergonzaría estar casada con alguien que me hace eso, y eso te acabaría salpicando a ti. Eso no es forma de vivir. No quiero que sigamos hablándonos de esa manera. Yo quiero asumir total responsabilidad por la parte que me toca y me gustaría que me ayudaras a eso. Y también quiero que tú asumas total responsabilidad por la parte que te toca, y quiero que me dejes ayudarte. Y si tenemos que pedirnos perdón todos los putos días a partir de ahora, pues nos lo pedimos. Porque yo no pienso seguir viviendo así, hablándonos de esa manera.

Vale, dijo él.

Me preguntaba si conseguiríamos volver al comportamiento del principio, cuando lo único que hacíamos era intentar hallar maneras de ser amable el uno con el otro.

La maestra del niño me contó que toda la clase había ido diciendo por qué daría las gracias en el día de Acción de Gracias. La mayoría había dicho por las chucherías o las Tortugas Ninja, pero el niño había dicho: *Mamá.*

Yo flotaba bocabajo en las aguas de mi vida como ama de casa.

El niño miró un dibujo de un sol feliz que, bocabajo, era un sol triste. Cuando vio el sol triste, dijo con complicidad: *El sol quiere a su mamá.*

Nunca dejará de ser mágico y emocionante que sepas hacer eso, dijo John después de que yo tocara el primer movimiento de la *Sonata del Claro de Luna* mientras el niño intentaba pillarme los dedos con la tapa del piano de nuestra casera.

———

A la hora de acostarse, el niño quiso que me quedara mientras su padre le contaba el cuento de los pteranodones. Luego quiso darle un beso y un abrazo a papá, y luego quiso darle un beso y un abrazo a mamá. Esa personita me recordaba que nuestra familia era buena para él y para el mundo.

El niño fingió ser una almohada mientras jugábamos a las tinieblas. Cuando le conté que me iba a otro viaje, dijo: *Soy una almohada triste.*

A la mañana siguiente el niño tenía dolor de garganta. John cuatriplicó la dosis correcta de ibuprofeno y yo entré en el baño justo cuando el niño estaba dejando el vasito de la medicina en el lavabo y diciendo que era mucho. Yo tenía que salir un cuarto de hora después para el aeropuerto.

Para entonces el niño ya tenía edad suficiente para decirle a John qué necesitaba, así que no vi peligro en irme tres días para dar una charla en una escuela en Calgary, ni más ni menos. Mientras estuve allí, a instancias de John, fui a ver a Felix y a Victoria. Al igual que mi viejo amigo Eben, Victoria y Felix tenían una hipoteca y tres niños, y tenían un papel análogo en la vida de John: mayores, pero de la misma edad.

En el salón las sillas estaban puestas en ángulos irregulares. Victoria y Felix no se miraban de frente. Se notaba que algo no iba bien.

Cuando regresé, John me contó que dos días atrás el niño había mojado de orina la banqueta tapizada del piano. La había dejado allí echándose a perder. Detrás de la silla del escritorio, descubrí un montoncito de vómito seco de la gata.

Mientras daba una entrevista por teléfono, limpié y ordené el caos de mis tres días fuera.

El niño encontró un pelo mío en su búho de peluche, lo cogió, se acercó y me lo puso con cuidado en la cabeza.

———

John y yo contratamos a una niñera para ir al estreno de una película. Después, el cineasta, que era amigo de un amigo, se nos unió para una copa. Yo casi no participé en la conversación. John se lo pasó estupendamente con un hombre al que habíamos visto dos veces en nuestra vida. Él estaba bebiendo; yo no, porque me había tomado una copa de vino en la recepción y sabía que, si me pasaba, echaría a perder los dos días siguientes. John era el centro de atención. Para cuando acabamos, yo estaba helada y agotada. Se había hecho tardísimo.

Me dio la sensación de que el cineasta captó la dinámica básica de nuestro matrimonio, que consistía en que a John no le importaba pasar de mí y ningunearme. Esa noche me fui a la cama con dos sudaderas y un saco de dormir y ni por esas entré en calor.

Hasta que no hablé con mi madre no reconocí lo infeliz que era. Con el resto de la gente, incluida mi psiquiatra, yo presentaba las cosas como creía que debía hacerlo una persona razonable. Yo tenía un historial de depresión; seguramente estaba percibiendo mi matrimonio y la vida a través de esa lente; tenía varios factores estresantes, incluida la falta de deseo sexual de mi marido y la total alienación de mi ambiente a raíz de mudarme tres veces en cinco años por el trabajo de mi marido: sin trabajo, sin raíces, nada que no fuera portátil. Estaba desesperada, con una infelicidad furiosa, y ni siquiera me daba cuenta si no tenía a mi madre escuchándome.

Al día siguiente John se levantó tarde y entonces anunció que iríamos al museo y comeríamos allí un buen almuerzo. Pero, si lo hacíamos, el niño comería una hora más tarde de lo normal y su siesta se retrasaría dos horas. *Yo solo quería que comiésemos juntos en un sitio bonito*, lloriqueó John. Él solo quería tomar un almuerzo caro y regado de alcohol en cualquier parte, con quien fuera. Fuimos al museo. El niño cenó luego tarde y a la hora del baño tuvo una rabieta.

Esa noche soñé con un desfile de mujeres que iban todas con vestidos y, cuando se levantaban las faldas, no tenían piernas, estaban flotando sin más en el espacio, su discapacidad recubierta por esas faldas largas y bonitas. En el sueño lloraba de alegría, por lo feliz que me hacía que las heridas y desmembradas pudieran ser tan hermosas y fuertes. El descubrimiento fue toda una sorpresa. Un giro inesperado en la trama, un regalito que la mente me tenía oculto y que se reveló entonces a sí misma.

Y entonces tocó mudarnos otra vez. La oficina de Polyglot en Los Ángeles se cerraba. Todo el mundo estaba mudándose a una nueva oficina en San Francisco. Era algo positivo. Había nuevos inversores, importantes, de una empresa de capital riesgo.

John voló a la Bahía de San Francisco para ver la casa que ya había decidido alquilar para nosotros. Estaba en una zona residencial en las afueras, pero tenía un despacho para mí y un cuarto de juegos para el niño. Estaba a diez minutos andando de una escuela de primaria.

Qué orgullosa me sentí de él.

———

El niño tenía edad suficiente para decirle a John lo que necesitaba, me recordaba yo, y empecé a llevar mejor lo de hacer viajes cortos. En una visita a una facultad de Texas, tonteé descaradamente con un profesor adjunto que me traía copas y se quedaba muy pegado a mí. Puede que la suma del contacto visual que mantuvimos en esos dos días no superara los diez segundos, pero se me hizo como toda una vida alternativa.

En la mañana del segundo día, fui al centro de la ciudad con el profesor adjunto y otros miembros del claustro. Esa tarde, una estudiante de posgrado me preguntó con cierto retintín: *¿Qué tal la mañana?* Luego volvió a hacerme la misma pregunta una hora o dos después, y le respondí: *Ya te lo he dicho, he ido al centro...* antes de darme cuenta de que parecía estar a la defensiva. *Se ve que conoces a mucha gente del profesorado. ¿De qué conoces a mi director de tesis?* Yo hice como si tal cosa, como hacen las mentirosas. *Ah, nos conocemos de hace mucho.* Era cierto. Pero ella pensaba que me lo había follado, y con razón: me estaba comportando como si fuera verdad.

––––––––

De Los Ángeles a San Francisco: John condujo trece horas hacia el norte, incluidas las paradas para que el niño viera una poza de mareas y un monte lleno de ciervos. Luego llegamos a nuestra nueva casa.

Y entonces, cuando los de la mudanza nos lo trajeron todo, y cuando dejamos que la gata saliera del portagatos, al cabo de dos horas, no había manera de encontrarla. Di parte por internet de su pérdida. Y luego me la encontré escondida en una silla todavía envuelta en mantas de mudanza.

A la mañana siguiente John anunció que lo peor había pasado y yo me limité a reírme. Lo peor vendría a la semana siguiente, cuando él se fuera a trabajar en Polyglot y yo no tuviera quien me cuidara al niño en una ciudad donde no conocía a nadie.

Por lo menos la cocina estaba operativa y los juguetes fuera de sus cajas.

John se fue en bici a coger el transbordador para ir al trabajo y así empezó mi primera jornada con el niño en una ciudad nueva.

Objetivo del día: no llorar.

A las tres de la tarde, seguía aguantando el tipo.

Luego, a las cuatro, lloré delante del niño.

Pero me hice el carné de la biblioteca y saqué varios libros ilustrados, compré plátanos para hacer unas magdalenas, desempaqueté dos cajas de ropa, puse una lavadora y acepté un pequeño encargo de revisión.

———

El niño se echó a llorar media docena de veces en la visita de media hora que hicimos a su nueva guardería, pero tres niños distintos se le acercaron por separado para saludarlo o prestarle un juguete. Y ordenaron la sala de juegos en un visto y no visto.

Yo fantaseaba con la idea de volver a casa y encontrarme todo desempaquetado y en su sitio.

Luego me rompí un hueso del pie. Suelas mojadas en la solería de la entrada. Me apreté las correas de la bota ortopédica y me quedé esperando el siguiente percance.

———

El niño me pedía que le contara un cuento todas las mañanas de camino al colegio. Una mañana me dijo que no le gustaba la guardería porque *hay demasiados niños y todo el mundo me mira.* Me inventé un cuento en el que Osito le contaba lo mismo a Mamá Oso.

*Mamá Oso le preguntó a Osito: —¿Por qué crees que te miran?
—¿Porque me quieren quitar los juguetes? —Puede ser. Pero ¿qué
más? —¿Porque me quieren quitar la merienda? —Puede ser. Pero
¿qué más? —No lo sé. —Osito, ¿tú en qué piensas cuando miras a alguien? Pienso que... ¿quieres ser mi amigo? —¡Ajá! Quizá los otros
ositos estén pensando: Osito es nuevo. ¿Querrá ser mi amigo? Y Osito pensó y pensó sobre esto. Y ese día Osito hizo dos amigos nuevos,
un oso niño y una osa niña.*

¿Cómo se llaman?, preguntó el niño.

Osito todavía no sabe cómo se llaman, le dije. *Sus nombres salen
en el próximo cuento.*

Dejé al niño en la guardería. Cuando volví la vista, estaba jugando tan feliz en la piscina inflable con un amiguito.

Al día siguiente el niño tuvo cinco pataletas durante el desayuno y se echó a llorar otra vez de camino a la guardería. Llegamos tarde. Luego me quedé dos horas sin poder levantarme de
la cama. Después me invitaron a ir a comer en un restaurante
de lujo de la ciudad, calculé que me llevaría noventa minutos
de coches y ferris bien sincronizados, y me eché a llorar sin
más.

———

Antes de tener a mi hijo, no había valorado lo que la gente
llamaba «calidad de vida», y seguramente ni después habría
sido capaz de explicar a un amigo soltero por qué era tan importante. Mi principal objetivo era maximizar la calidad de
vida del niño y el tiempo que pasábamos juntos como familia,

pero para gente sin ataduras probablemente sonara a premio de consolación.

Rabieta de vuelta de la guardería, llorando y jadeando durante todo el camino. Cuando entramos en la casa, el niño me dijo que me sentara, que pusiera las piernas en el suelo y luego se sentó contra mí y se puso a llorar. Intenté mecerlo. —*¡No te muevas! ¡No hables!* Después de un buen rato así, me dijo: *¿Puedes limpiarme las lágrimas?*

Cuando volvimos del baño nos encontramos a la gata durmiendo en una montañita de ropa limpia. *¿Puedo quedarme aquí con la gatita?*, me preguntó el niño.

Se hizo un ovillo encima de la ropa y se quedó mirando al animal. Un minuto después me pidió que le hiciera palomitas.

Yo había estado leyendo a Philip Larkin, pero en esos momentos me tenía muy harta su ánimo implacablemente lúgubre. Si él hubiera tenido que criar hijos, tendría que haber inventado cuentecitos, planeado sorpresas y renunciado a su capricho favorito.

———

La vida de John hacía tiempo que había desaparecido en su trabajo, donde podía estar todo el día mandando a sus subordinados y culpándolos cuando algo salía mal. Mi propia vida había desaparecido en mi condición de madre y mujer de mi casa. Estábamos los dos agotados. A él le parecía una rareza mía de lo más hilarante que en esa época solo pudiera cagar por la noche, una vez que el niño estaba acostado y todas las tareas de la casa hechas. No se daba cuenta de que yo no tenía tiempo ni para cagar en todo el día. Él seguía cagando como un soltero, cuando quería y todo el tiempo que quería.

En esa época, cuando John pasaba de mí y me ninguneaba, mi cabeza me decía que me sentía mal porque había ganado peso o por una mala crítica de un libro. Me negaba a afrontar la verdadera razón.

Después de su siesta, el niño pidió *la película del pez*. Antes de empezar, me dio su peluche de Nemo y me dijo: *¿Puedes cogerlo en brazos y ser su mamá?* Cogí en brazos el peluche. Varias veces, al ver a Nemo en algún aprieto, el niño apretaba al pececillo con más fuerza sobre mi regazo.

Luego cogió un catarro y me pasé el día en el pediatra mientras John volaba a Calgary para el resto de la semana.

Dejé al niño un tercer día en casa, con una siesta más larga de lo normal, para asegurarme de que no volviera a la guardería con mal cuerpo. Prefería perder yo un día de trabajo que sobrecargar su cuerpecito. Pasé —cuesta no decir «desperdicié»— el día siendo madre y no escritora.

————

John se fue a otro viaje de cuatro días y yo me quedé postrada en la cama. El niño estaba aturdido por la pena. Pero al menos John mantenía a su familia, y al menos los tres nos queríamos, y al menos todos estábamos sanos.

Quedé con una amiga nueva para comer y me bebí una copa de vino y luego me escuché diciéndole: *Creo que mi matrimonio está en las últimas.* Lloré como una tonta.

———

¿De quién era el cumpleaños cuando los animales llegaron al colegio? ¿Era el cumpleaños de Harper?

El niño me miró como si yo fuese tonta y dijo: *Era el cumpleaños ¡de los animales!*

Cuando mis padres vinieron de visita, nos pasamos las noches jugando a las cartas. Mientras jugábamos, yo me imaginaba cómo sería cuando mis padres murieran, las partidas familiares se acabarían, John en el funeral intentando contar alguna anécdota divertida sobre jugar a las cartas con mis padres. Era como si yo fuera incapaz de disfrutar de una historia hasta que no se resolvía el suspense.

———

Para entonces había varios hombres en mi vida cuya sola función era elogiar. Mi marido no era uno de ellos.

Me ofrecieron un trabajo temporal de profesora muy bien pagado en Los Ángeles para la primavera siguiente. Habría tenido que ir y venir unas doce veces. John dijo que no merecía la pena. Le pregunté entonces a ver de qué manera me veía él trabajando ya que tantas ganas tenía de que yo ganara dinero. Por un momento pareció entenderlo.

Separé los elementos de la hamburguesa del niño en su plato. —*No hagas eso, que lo haga él*, dijo John. *Él ya sabe hacerlo.*

El niño quiso levantarse de la mesa pero no quiso pedir permiso, y John lo mandó de malas maneras a su cuarto para un tiempo muerto. Le dije a John que no me gustaba la concatenación de hablarle mal a la madre y luego castigar al hijo, enfadarse conmigo y pagarla con el niño. La discusión que siguió duró tanto rato que el niño se quedó dormido en su cama, agarrado con fuerza a su panda de peluche. Costó despertarlo.

John se pasó toda la velada de morros y comprendí que no me importaba lo que pensara de mí, ni siquiera cómo me tratase, siempre y cuando el niño no lo viera o no se enterara. Catorce años para la universidad. Pero, aunque todavía faltaba, ahora yo ya era libre.

John no solo necesitaba ganar las peleas; necesitaba que yo reconociera que era mi responsabilidad no decir nada que pudiera hacerle sentir que él había hecho algo mal. Sentir que había hecho algo mal amenazaba en gran medida sus privilegios asumidos.

———

El niño y yo pasamos el día siguiente juntos. Dio un paseo con su triciclo por la calle y fue recto todo el camino. Hizo su puzle con apenas ayuda. Cuando tocó recoger los juguetes, metió los coches y los camiones en su caja y dijo en voz baja: *Hoy estoy tomando buenas decisiones.* Leímos varias páginas de su diccionario ilustrado. Le toqué algo de Mozart.

El niño separó mucho las rodillas en la silla y dijo: *Soy una A. Soy una A bebé.*

———

¿Cuándo me comprasteis esto? El niño empezó a preguntar por la historia de cómo había llegado a pertenecerle cada uno de sus juguetes. Él sabía que existía un tiempo anterior a tenerlo todo. Que unas cosas eran distintas a otras. Que habían ocurrido cosas interesantes antes de su recuerdo del principio del tiempo.

Mientras le describía a John todo lo que iba a tener que hacer yo ahora que habíamos recibido otra carta tipo distinta de Hacienda en la que se nos reclamaba un pago, me reí hasta quedarme sin respiración.

En plena noche escuché un gorgoteo del humidificador y me desperté de golpe, convencida de que era mi marido vomitando, hasta que lo vi dormido a mi lado. Luego me volví a tender bocarriba y me avergonzó lo fuerte que estaba latiéndome el corazón. Me volví hacia el otro lado para que John no lo oyera.

———

Al día siguiente me pasé dos horas subiendo a la nube unos archivos que John había olvidado llevarse al trabajo.

Calculé que el año anterior había ganado veinte mil dólares, más que suficiente para pagar los gastos de la guardería, pero John había ganado ocho veces eso. Me sentí inútil, inservible, desgraciada, un cero a la izquierda.

John se resistía a volver a ponerle el pañal de noche al niño, que llevaba tres días seguidos mojando la cama. La mañana después de esa tercera noche, John me preguntó si no quedaban magdalenas caseras recién hechas para desayunar, y tuve que reírme.

La gente sin hijos me preguntaba si era feliz allí, en un barrio residencial, si no echaba de menos vivir en el centro, y yo no sabía qué responder porque, en sí, la premisa de esa pregunta dependía de una capacidad para concebir mi felicidad personal como algo independiente de la necesidad de un seguro médico, los ingresos de John, buenos colegios en la zona y las demás necesidades de mi familia, lo que lógicamente era imposible.

Era igual de imposible concebir ser miembro de mi viejo coro, una de las mayores alegrías de mi vida, independientemente de volver al conjunto de mi antigua vida en Nueva York, en la que era libre de pasar las horas que quisiera fuera de casa. *En la que era libre.*

La conversación parecía versar sobre la libertad y cuando expliqué que no concebía mi felicidad personal como algo independiente de las diversas necesidades de mi familia, esa gente sin hijos juzgó con razón que yo estaba describiendo lo opuesto a la libertad, que es la restricción, que, como todo el mundo sabe, es mala, mientras que la libertad es buena. Pero algo ocurrió cuando se terminó esa discusión; algo pasó después de esa última conclusión, porque yo, a pesar de ser una persona lógica, elegía la restricción una y otra vez porque sentaba bien. Sentaba bien querer y cuidar al niño, amar y apoyar a mi marido, pese a las restricciones sobre mi aparente libertad.

Así que en realidad no había un sentimiento que no formara parte de una matriz de sentimientos; y en realidad no había una decisión que no formara parte de un conjunto de decisiones.

Ese amor que los padres describen como superior a otros amores es un amor de un solo carril, como el amor que se siente por alguien por el que estás pillada, al que no puedes ni mirar, que te impide respirar cuando lo tienes cerca. Yo había sentido un amor así de pleno cuando tenía once años, y había sido una constante durante los siguientes treinta y tantos años. Con el niño, volví a sentirlo, un amor que te carcome y que no le pide nada a su objeto, pero esta vez era distinto porque podía expresarlo libremente y habitarlo plenamente, sin sentirme mal.

———

Cuando le arrancó una pata a su cangrejito de goma, el niño se puso triste. Yo le dije que la pata rota era como la aleta de la suerte de Nemo. Como seguía triste, le conté la historia de nuestra gatita.

¿Tú sabes por qué la gatita tiene un lunar marrón en la nariz? Es porque le salió un sarpullido ahí.

Le conté que le pusimos una crema y que tuvo que llevar un gorrito especial, pero que, aun así, a veces se rascaba la nariz, y la gente se preguntaba por qué cuidábamos de una gatita enferma, pero es que la queríamos mucho y entonces, cuando por fin se puso bien, la seguimos queriendo igual o más.

Y tú también seguirás queriendo a tu cangrejo.

Se echó a llorar, un llanto sentido.

Estoy triste, dijo.

¿Ves eso tan fuerte que estás sintiendo? Pues parte de eso es amor.
Lloró con más fuerza todavía.

Después de una tarde impartiendo clases y una enérgica sesión
con John, decidí que lo siguiente que haría sería recuperar el
sexo en mi matrimonio. Iba todo estupendamente.

———

A la hora de dormir descubrí que John había dejado el colchón meado del niño todo el día bajo la colcha. En la cena
mordí un trozo de cristal que se le había colado en el salteado.

El niño tuvo una repentina regresión en la articulación de ciertos sonidos. Luego John volvió a casa y anunció que Polyglot
estaba a punto de caer en bancarrota. Habían dejado de llegar
inversiones. Todavía no habían conseguido fabricar el espejo,
y ya nunca se fabricaría.

El dinero que teníamos ahorrado nos duraría dos meses.

Con la razón nublada por culpa del estrés, John dijo que nos
mudaríamos de vuelta a Los Ángeles si le salía algún trabajo
allí. Yo temía que insistiera en mudarnos, que no tuviera en
cuenta la factura que podía pasarme una quinta mudanza
en seis años, que realmente fuéramos a mudarnos, que nunca
lograra recuperarme del estrés, la depresión y la rabia.

Hacía un mes que teníamos planeado salir los dos solos a cenar, pero ahora que Polyglot estaba en las últimas John lo canceló. En fin, ya habíamos tenido un montón de citas de jóvenes. Quedaban apenas unos meses para cumplir los diez años juntos.

———

Me entraba de todo cuando veía a mujeres embarazadas que tenían primogénitos más pequeños que mi hijo único. Pensaba que siempre me arrepentiría de no haber tenido otro. Pero no podía haberlo hecho sin la estabilidad de un hogar. Simplemente no podía haberlo hecho con tanta mudanza.

Nunca había visto sufrir tanto a John, ahora que se preparaba para el cierre de Polyglot, ni cuando su madre estaba muriéndose.

John me explicó que él era un ejecutivo de mediana edad con un sueldo alto, y que no había muchos trabajos de ese tipo, de modo que debía prepararme para otra mudanza.

Se me hacía raro oírle describirse como un ejecutivo, pero había cofundado Polyglot, así que técnicamente era cierto. Podía presentarse como ejecutivo, pero también podía presentarse como artista, a pesar de llevar cinco años sin hacer una exposición.

Polyglot seguiría siendo solvente hasta el verano, pero el papel de John en las operaciones diarias se había reducido. Esos días lo más que hacía era jugar con el móvil y estar de morros.

Luego el director ejecutivo lo despidió.

Así que John había montado dos empresas por su cuenta y lo habían despedido de ambas.

—*No habríamos sobrevivido diez años si no fuera por nuestro humor*, dije.

—*Bueno, si no fuera por el humor de uno de nosotros dos.*

—*Sí. El tuyo.*

—*A eso me refería.*

———

Felix y Victoria, que habían venido a la ciudad para asistir a una boda, nos visitaron con una perra nueva que tenían. *¿Puedo jugar con la correa?*, preguntó el niño. Y luego paseó al animal por el jardín con sonrisa de circunstancias.

Esa noche, en el baño, el niño se miró el puño. *¡He hecho una familia de nudillos! Este soy yo, este es mamá, este es papá, este es la gatita, y este es...* [mirándose el pulgar] *Dafne*. El nombre de la perra con la que había jugado esa tarde.

Después de cenar, el niño y yo ensayamos paso por paso para que fuera a hacer pipí solo por la noche y lo seguí mientras él iba con su lamparita de noche hasta la puerta del baño. En el váter se le iluminó la cara. Vi que cambiaba el chip. *Tienes el poder para hacerlo tú solo. Eres poderoso*, le dije. Después de ensayar cómo arroparse él solo de vuelta en la cama, me preguntó: *¿Qué animal seré cuando sea mayor?*

—Puedes ser el que quieras. El que tú quieras.

—Creo que voy a ser un azor.

Esa noche el niño cogió su lamparita, abrió la puerta, fue con su lamparita al baño, la dejó en el suelo, usó el váter y volvió con la lucecita. Yo lo observé desde la planta de abajo. Trotó en el sitio un poco antes de volver a su cuarto y a la cama, muy orgulloso de sí mismo. Y luego la puerta se cerró tras él y había atravesado otro umbral.

———

Conté otra vez la historia como si no fuera gran cosa: *Nos mudamos de Los Ángeles a San Francisco por el trabajo de John. Nueve meses después lo despidieron. Cuatro meses después estábamos sin blanca.*

Unos minutos después de poner eso por escrito, a John le ofrecieron un empleo en la sede de Los Ángeles de una gran multinacional. Tendríamos un buen seguro médico por primera vez.

¿Qué nueva preocupación vendría a ocupar el lugar del dinero?

A los pocos minutos, el niño estaba vomitando sobre la alfombra del salón lo que tenía en la barriga.

Después pudo dar unos sorbitos y darle un mordisco a una tostada pero no consiguió terminarla. Fue valiente y lo intentó también con una galleta salada.

Lavé sábanas empapadas de vómito hasta que se rompió la secadora y llevé entonces dos lavadoras mojadas a la lavandería, que como siempre estaba llena de mujeres heroicas. Una estaba limpiándole una herida en la cabeza a su novio con un pañuelo. Otra doblaba una bolsa tras otra de ropa mientras su hijo se contorsionaba y chillaba.

Pensé en todas las esposas y amas de casa que habían vivido antes de los anticonceptivos, antes de que el aborto fuera legal, antes de que se reconociera la violación marital y el maltrato doméstico, antes de que las mujeres pudieran comprar una casa, abrirse una cuenta de banco, votar, conducir o salir de su casa. Quería pedir perdón a todas las mujeres olvidadas e invisibles que me habían permitido existir, todas las mujeres a las que yo había jurado no emular porque había querido ser humana: había querido ser como un hombre, competente y apreciado por mi servicio al mundo.

Pero también sabía que la relación más íntima no es recíproca. Es de un solo carril: la relación de una madre con su hijo. La mejor parte de mi vida había sido esa intimidad animal, segregar mi leche para ese cuerpo, enseñar a llevarse comida a la boca, a hablar, a demostrar amor en consonancia con sentir amor, cómo ponerse un zapato, cómo coger una cuchara, cómo enjugarse las lágrimas propias, cómo mear y cagar y ser aseado. Nada, nada hay en el mundo como eso. La autoridad absoluta de la que el crío debe estar convencido para sentirse seguro, independiente del cuerpo de la madre. El honor que la madre debe concederle al niño, cuando este ya está preparado para saber que esa autoridad absoluta nunca fue real. Escoger con cuidado el momento de la revelación de que, niño, estás solo, más solo que la una. Qué suerte tuviste, niño, de haber sido un niño con madre. Ahora ya estás preparado para vivir la vida en la imaginación, para empezar a imaginar cómo volver a todas las sensaciones buenas que recuerdas muy vagamente de los días de leche.

———

Quería que mi hijo tuviera una madre serena y competente, y empecé a verme a mí misma como competente, serena y optimista, y luego me volví así. Ese fue el orden en que ocurrieron esas cosas.

Yo seguía consultándome, casi a diario, si el niño seguía siendo la única razón para no suicidarme.

En un trayecto largo en coche, el niño estaba quejoso, algo nada habitual en él. *El cuello*, gimoteó señalándose el cuello. Estábamos en una carretera sinuosa. Tenía la cara gris. Le pasé una bolsa de plástico. Tosió un poco. A lo mejor me equivocaba, pero no lo creía. Aparté la bolsa. *Mamá, ¿puedes ponerme otra vez la bolsa en la barriguita?* Un vómito copioso. Molestias en el cuello; es una descripción bastante buena de la náusea. Me pasé el resto del trayecto en un estado permanente de alerta. El niño, por supuesto, estaba bien, pero me trastornaba que sufriera.

Para cuando el niño cumplió los cuatro años, yo me había transformado de persona en cielo. Era a lo que el niño miraba cuando tenía miedo. Levantaba la vista, veía que no había nada de lo que temer, y seguía a lo suyo.

————

Llevaba años sin experimentar un rato no contaminado —rato no ocupado por la vigilancia de la salud, la comida, la evacuación, la educación, la seguridad, el entretenimiento, el desarrollo, la socialización y el humor del niño, y por el cuidado de la casa, que incluía hacer la compra, planificar los menús, limpiar, cocinar, tirar la comida pasada, fregar los baños, concertar citas médicas, etiquetar juguetes para llevar al colegio, quedar para que el niño jugase con otros niños, mantener el contacto con los abuelos, planear vacaciones, pagar facturas, lidiar con dos requerimientos de Hacienda y una suplantación de identidad (todo de John), y, normalmente, la mayoría de estas cosas juntas—, quitando los trayectos en avión. Esto suponía una cantidad absurdamente ínfima del tiempo que se necesita para escribir libros. Mi tiempo, y con esto me refiero al tiempo que era mío, para mí sola, había desaparecido. Y al momento comprendí por qué llevaba años sin sentirme yo misma. Mi tiempo propio —mi vida propia— había desaparecido, había sido superado. Lo que tal vez sea la razón por la que he estado tan cabreada, pensé.

John se burlaba de mí delante del niño por no ganar suficiente dinero: no solo era un desagradecido al no ver que yo había escogido ser su mujer y su ama de casa y seguirlo de trabajo en trabajo, sino que además me despreciaba activamente. Yo podría haber tirado mi carrera por el desagüe y haberme ido a trabajar en una editorial como correctora a tiempo completo y haber metido al niño en una guardería el día entero. Pero no lo hice. Escogí seguir siendo escritora.

———

John se encargó de llevar la ropa a la lavandería pero olvidó la mitad de la colada en casa y trajo de vuelta, todavía mojado, lo que sí había lavado. Ni se disculpó ni reconoció su error. Luego obligó al niño a pedirle perdón por darse cuenta de que papá se había puesto la camisa del revés.

Cierta mañana el niño preguntó si podía jugar antes de ir al colegio y le dije que le dejaba dos minutos. Cuando fui a buscarlo, me lo encontré sentado en su mesa de jugar. Muy metódicamente, estaba haciendo agujeros en una cartulina verde y en otra amarilla con mi taladradora, fabricando fitoplancton y zooplancton. Iba colocando cada puntito perforado en una calabaza de plástico que tenía a los pies. Le dije que era hora de lavarse los dientes y se levantó de la mesa con la presteza de un oficinista que tiene que ir a una reunión.

La gata no tocó la comida en toda la noche. Después de tenderse en el suelo a la sombra, se levantó, se me acercó y lloró lastimosamente medio minuto como nunca la había oído llorar.

El veterinario confirmó que había perdido el 13 por ciento de su masa corporal. Tenía un tumor en la garganta. Estaba aturdida, apenas hizo un ruido el resto del día. Por la noche se quedó en el cuarto del niño como para despedirse.

Deséame suerte, le escribí a Hannah. Aunque yo no estaba haciendo algo tan inútil o peligroso como esperar tener suerte.

La gata ya mayormente no me interesaba. Ya me había reorientado hacia el niño y había evolucionado en una madre que ayuda a un crío pequeño a superar la muerte de su gatita.

La gata se había vuelto circunstancial, una piedra en el mar. Yo ya la había dejado ir, a que hiciera lo que tuviera que hacer.

A veces pensaba que, si no estuviera escribiendo, editando y viajando tanto, no estaría tan hecha polvo, pero luego recordaba que esas eran las cosas que me daban energía. Lo que me chupaba la energía era llevar la casa y estar casada.

Vivíamos todavía en un crepúsculo prediagnóstico, pero yo sabía que la gata se moría. Ya no peleaba para no tomarse la medicación y se quedaba encima de mí siempre que estaba en casa.

Esa gata, esa cosa chiquita, me había hecho madre. Esa circunstancia me hacía quererla como no quería a nadie más.

Recogí de la clínica a una gata esquelética, con la piel llena de caca acuosa. La bañé, la cepillé y le di dos medicamentos en gotas que temía que le quitaran el apetito. Comió un poco y soltó una plasta beis. La seguí y fui limpiándole el culo y todos los sitios donde se sentaba. En una hora estábamos todos tosiendo y estornudando. La casa estaba asquerosa. Yo no sentía nada por ella y quería que se muriera. La factura de la clínica había costado lo que mi coche.

———

Cuando ocurre algo malo, está bien saber que otros pasaron por lo mismo y sobrevivieron, pero mejor si no te dicen: *Tú también lo superarás*. Omitir eso es la parte más reconfortante. No me pidas que me refugie en una mentira.

Y ahí estábamos, de vuelta en Los Ángeles. Para vivir. Por tercera vez.

Intenté deshacer cajas e ir instalándonos sin nadie que cuidara del niño y con John trabajando todo el día, cosa que no era factible.

Partí el cristal de una foto enmarcada y rompí una lámpara. Llegué veinte minutos tarde a una visita guiada a una escuela. Sometí al niño a gritos, maldiciones y pánico porque el GPS no paraba de decirme que girara a la izquierda y atravesara seis carriles de coches desde cruces que no tenían ni semáforo. Me choqué con al menos una docena de pomos de puertas y armarios, cajas y muebles. John volvió a casa del trabajo y preguntó en voz alta por qué no había deshecho ninguna caja.

Para la hora de dormir, los temblores habían remitido, pero seguía sin poder conciliar el sueño. *A estas horas ya tendrías que estar dormida*, comentó John, aparentemente preocupado.

Fui a visitar una guardería con el niño. La maestra leyó un libro ilustrado y luego preguntó: *¿Qué hizo la tortuga Franklin en Acción de Gracias?*, y el niño respondió: *Una vez fui a comprar con mi madre y se le olvidó dónde habíamos aparcado el coche.*

Nuestro nuevo vecino había dejado la universidad para cuidar de su padre enfermo durante quince años mientras intentaba montar una empresa de alquiler de limusinas; sus siete hermanos mayores habían llegado a ser todos médicos o enfermeros. Su mujer era alcohólica; su hijo tenía hemofilia; odiaba su trabajo. Cuando tomaba Vicodin para el dolor de acarrear a su padre por la casa, se metía en peleas. Sus hermanos no lo ayudaban con el cuidado del padre. Estaba muy enfadado. Le sugerí que probara con acupuntura, pero comprendí entonces que quería seguir enfadado. Le hablé un poco de mi vida, le conté que nos habíamos mudado cinco veces en seis años y que a John lo habían despedido tres veces. *¿Por qué sigues con él?*, me preguntó.

Eso es lo que preguntaría la mayoría de la gente si le contara la historia de esa manera, en una frase.

———

John se levantó tarde y se dio una larga ducha y yo tuve que preparar al niño para el colegio y saltarme mi ducha. Luego tuvimos una pelea a voces tremenda. *Vete a la mierda*, gritó y salió como una exhalación de la casa, vociferando hacia atrás: *¡Tú llevas gritándome a mí diez minutos seguidos!*

Luego se fue a Calgary.

Compré, envolví, empaqueté y envié regalos de Navidad para todos los abuelos.

La gata tenía los ojos vidriosos; la respiración, superficial.

Leí una famosa novela sobre una madre que se vuelve loca. ¿Estaban todas las madres locas? Todas las madres sobre la faz de la Tierra estaban locas.

Llegó la mochila de tiburones del niño, su primera mochila de niño grande. Esa noche se la puso para nuestro paseo de antes de dormir. Cogió una hoja amarilla y se quitó la mochila. *¿Qué haces?*, le pregunté. Se me quedó mirando y me dijo: *La estoy guardando en mi mochila.*

———

Puse por escrito la historia para poder verla toda de golpe:

Nos hemos mudado por el trabajo de John cinco veces en menos de seis años. En todo ese tiempo yo he tenido que dar clases como profesora asociada. El año pasado John estuvo seis meses sin trabajar y eso nos dejó sin ahorros. Aparte, tenemos las deudas con Hacienda y los préstamos universitarios de John. El casero anterior no nos permitió romper el contrato y ahora estamos pagando dos alquileres, a razón de diez mil dólares al mes. Llevamos toda la vida tomando decisiones financieras estúpidas y ahora, mediada la cuarentena, estamos en la mierda.

Releí la historia y deseé no aparecer tan resignada en ella.

———

John tenía una exposición, la primera en años. La galería estaba en Santa Cruz, lo suficientemente lejos para que no fuera razonable ir y venir en el día.

John dijo que le pagaría a nuestra niñera para que llevara sus enormes fotografías enmarcadas hasta la galería, una niñera a la que ni conocía. Los marcos no estaban listos, no sabía cuánto pesaban, no sabía cuánto podía costar enviarlos con UPS, no había buscado transportistas expertos en trasladar piezas de arte, no se le pasaba por la cabeza que la niñera fuera un ser humano con capacidad para decidir no aceptar un trabajo que escapaba por completo a sus competencias, no le había pedido consejo al museo, no le había pedido consejo a su galerista, no sabía cuándo estarían terminadas las piezas para enviar, no sabía cuándo tenían que estar allí... y así todo.

Luego comí con una amiga cuyo marido era el amo de casa. Mi amiga me dijo que tenía que escribir más y me preguntó qué me lo impedía.

———

La gata seguía ganando peso con la dieta nueva. *Se te da bien cuidar de la gatita*, dijo John.

Llevé al niño resfriado al colegio y la maestra me llamó al cuarto de hora para avisarme de que mi hijo había ido a su mesa llorando para decirle que no se encontraba bien. Me lo traje a casa, donde vio una película, se tomó un almuerzo sustancioso, jugó solo y durmió una buena siesta. Jugamos un par de partidas al Uno. No podía trabajar con él allí en casa. Era simple y llanamente incapaz.

A la mañana siguiente le lancé al niño un pequeño globo de papel, agradecida de que en la escuela nueva no le mandaran hacer presentaciones. *En esta escuela nueva no tenemos presentaciones,* dijo en voz alta en el acto.

———

La gata empeoró, se quedó en su cama todo el día y se negó a comer. Tenía las orejas ulceradas.

John se fue a una conferencia de cinco días y se llevó las llaves de su coche. Lo había dejado aparcado pegado a la calle y el mío estaba detrás, pegado a la casa.

La gata comió. John mandó las llaves por FedEx.

La gata aulló toda la noche y yo recé para que muriera.

John volvió a casa a los cinco días.

Leí un libro escrito por una mujer que nunca se había casado ni había tenido hijos. No creía que yo pudiera llegar a ser tan buena escritora como ella... así que me dije que no pasaba nada si los últimos dos días de mi vida no habían sido más que sumisión a mi marido y a mi hijo. De todas formas, no habría llegado a gran cosa.

Tras otra en una serie de peleas, me di cuenta de que si seguía con John era solo por el niño. ¿Había empezado la cuenta atrás antes incluso de que entrara en la guardería? Quedaban trece años. Quizá tener que manejar tanta condescendencia me convertiría en una santa. Santa Furia.

El objetivo del matrimonio era quedar atrapada, pensé, para que te vieras obligada a cuidarlo en vez de largarte.

———

La primera vez que nos mudamos a California desde Nueva York, mi marido «estuvo manteniéndome», y lo entrecomillo no porque él no ganara el grueso de nuestros ingresos —que sí que lo ganaba—, sino porque para que él pudiera hacerlo, yo había asumido casi el cien por cien de las responsabilidades domésticas y trabajaba lo suficiente para pagar el cien por cien de los cuidados del niño.

También nos habíamos mudado cinco veces en menos de seis años por «su» trabajo, otro término complejo porque era su trabajo el que nos proporcionaba un seguro médico y más dinero de lo que yo podía ganar en mi ámbito, en el escalafón en el que me encontraba por entonces. Dicho esto, no pasó un año en que yo no llegara a ganar al menos para los cuidados del niño y la guardería, incluso cuando solo tenía quince horas para trabajar por semana.

Pero, en esos términos puramente capitalistas, era un juego de suma cero y, si sacrificar cosas por la felicidad del otro no nos hubiera hecho felices a los dos, jamás habría funcionado. A veces no parecía funcionar para ninguno de los dos. Cuando nos conocimos, mi marido era artista y yo, una obsesa del control y de la austeridad. Luego empezamos a vivir en casas bonitas pero caras para que él no tuviera que desplazarse mucho cada día para ir a sus trabajos bien pagados.

Mucho más que con cualquier historia sexual, yo fantaseaba con comprar una casa, conseguir ahorrar, pagar los préstamos universitarios y las deudas con Hacienda de mi marido previas al matrimonio y empezar a meter dinero con regularidad en nuestros planes de pensiones.

———

Los resultados de la citología cervical que me hacía todos los años anunciaron la existencia de células glandulares anómalas. El médico tuvo a bien decirme que me preparara para recibir malas noticias tras las biopsias del endometrio.

John y yo llevábamos diez años siendo monógamos. Al parecer el virus del papiloma había estado todo ese tiempo latente en mi cuerpo.

Me pasé el resto del día jugando en la arena del parque y dibujando orugas con el niño. Las fiestas y los festivales literarios sentían a muerte. Los parques y las orugas sentían a vida. Pero nunca me habría convencido de eso cuando era más joven. En aquella época yo quería que los hombres me evaluaran y me dieran su aprobación como harían con otro hombre.

Las mujeres cualificadas, sin embargo, no gustan; las mujeres que gustan no están cualificadas. La única forma de conseguir el trabajo es ser diez veces mejor que el mejor hombre y además gustar, lo que supone estar dispuesta a absorber toda forma de misoginia de cualquiera, con una sonrisa en la cara, toda tu vida. Tienes que ser atractiva, pero no demasiado; los hombres no quieren mirar a una mujer poco atractiva todo el día, pero no se sentirían cómodos trabajando con una mujer mucho más atractiva que su esposa. Si te casas con un hombre o tienes hijos, serás percibida al instante como no lo suficientemente comprometida con el trabajo, mientras que los hombres casados con hijos se perciben como incluso más comprometidos, dando por hecho que su esposa lidiará con toda responsabilidad doméstica, incluida la crianza. Por último, no cuentes con tener aliadas, pues las otras mujeres están compitiendo contigo por los pocos puestos simbólicos disponibles, y una vez que consigas el puesto, los hombres son libres de acosarte y agredirte sin temor a represalias. Vivir en este filo de la navaja acabará con tu salud y, en cuanto eso ocurra, serán capaces de despedirte y contratar a un hombre para hacer el trabajo con el que tú no supiste lidiar muy allá.

John trabajó dos noches hasta tarde en el estudio y la gata chilló hasta que él vino a acostarse. No era sostenible.

Le dije a John que me daban ganas de matarlo y él fue tan amable de sostenerme la almohada para poder pegarle cien veces con cada puño. Luego di gracias por haberme casado con él y no con otro.

———

No por primera vez, John me contó algo que yo ya sabía, pero no me lo contó del todo bien. *Gracias por enseñarme algo que ya sabía*, le dije. *Bueno, es que soy hombre y llevo unas copas encima, así que básicamente soy experto en todo*, me contestó. En esos momentos lo quise más de lo que lo había querido en mucho tiempo.

Luego la hija de nuestro casero llamó para decirnos que su padre había muerto y que tenía que vender la casa. Me tomé un calmante y le dije a John que escondiera los cuchillos.

Luego volví a poner por escrito la historia: *Nos mudamos seis veces en siete años, cuatro de esas mudanzas con el niño, y eso me ha causado un daño tal que no parece tener arreglo.*

Le supliqué a Hannah que hablara ella con John para que le dijera que yo necesitaba quedarme en el barrio, aunque nos mudásemos, porque no me veía capaz de convencerlo yo. Se había hecho experto en ignorarme.

La gata volvió a dejarse las orejas en carne viva, pero me negaba a pasarme tres horas en el veterinario y a cargar otros quinientos dólares de crédito en la tarjeta a pesar de la insistencia de John.

Me pasé entonces más tiempo de la cuenta en internet, intentando averiguar cuándo pensaba el presidente bombardear Corea del Norte y cuándo Corea del Norte bombardearía California y cuándo moriría yo y cuándo moriría el niño.

John y yo tuvimos nuestra típica pelea por el dinero, en la que él me culpó de no tener un trabajo a jornada completa y yo le expliqué que era porque nos habíamos mudado cinco veces en seis años por su trabajo. Luego él me dijo: *Pero, si siguiéramos viviendo en Nueva York, tampoco tendrías trabajo*, a lo que yo le expliqué que en la facultad de Humanidades habrían abierto una plaza de titular para mí y, si nos hubiéramos quedado en San Francisco, me habrían ofrecido la plaza a jornada completa que había quedado libre cuando otro compañero se había jubilado inesperadamente. Luego añadí: *Pero cuando cada uno nos vayamos por nuestro lado, yo me quedaré en un mismo sitio más de un año y conseguiré un trabajo estupendo.* Era la primera vez que decía algo así en voz alta.

Le escribí a Hannah: *Hasta un matrimonio decente le exprime la vida a la mujer. En nuestras peores peleas hablo del divorcio como algo seguro, que acabará pasando. Aun así no conozco a nadie con un matrimonio mejor. Es una mierda total estar casada con un hombre. Juro aquí y ahora que, si sobrevivo a este matrimonio, no volveré a estar con un hombre.*

———

John se llevó al niño al acuario sin mí, un regalo al que yo me sentía con más derecho que él. Llevaba dos fines de semana trabajando sábado y domingo en el estudio.

En ese momento, creí que mi marido no me valoraba ni a mí, ni mi trabajo ni mi vida. En ese momento, quise separarme. En ese momento, si no hubiéramos tenido un hijo, me habría ido.

El sentimiento no quedó en nada, simplemente se hizo a un lado.

El niño se sentó en mi regazo mientras hacía fichas de colorear por números, impresas de internet. Mientras coloreábamos las formas azules, le puse *Rhapsody in Blue*. Mientras coloreábamos formas moradas, le puse *Purple Haze*. Fue el mejor momento del día.

John se puso a prepararle al niño una tostada de ensaladilla de atún, en vez de un sándwich, a pesar de que sabía que el atún terminaría en la alfombra que yo acababa de traer de la tintorería. Cogí el pan de la tostadora y lo lancé a la otra punta de la habitación.

———

Trabajé en la reseña de un libro mientras el niño trabajaba en un collage para el colegio. Se frustró porque no le salían bien los cortes con las tijeras; le conté que yo, cuando me pongo de mal humor, intento superarlo haciendo otras cosas. Me pareció que le vendría bien ver cómo trabajaba una escritora. Salimos al jardín y nos comimos unas magdalenas al sol. Le dibujé un unicornio de arcoíris con tizas para suelo. Le hice pompas para que él las disparase con el chorro de una botella. Jugamos a la gallinita ciega y al perrete. John se pasó el rato pintando.

Necesitaba hacer una reseña sensible y didáctica, no cáustica ni personal. Estuve trabajando en ella mientras John y el niño veían una película sobre una familia de superhéroes por vigésima vez. Y luego, a la hora de dormir, John estaba en un avión rumbo a Calgary y el niño decía que le dolían los oídos.

Una rabia increíble. No lograba ver lo que había detrás; era un ángulo muerto.

———

Una semana después, a mediodía, me llamó una maestra para decirme que el niño se había caído y que había que llevarlo a urgencias. Me pasé el resto del día escribiendo y llamando a John siete mil veces mientras iba a por el niño, ajustaba el GPS para que me llevara a las urgencias más cercanas, hacía una foto de la herida en la barbilla, mandaba las fotos al pediatra, me decían que no necesitaba puntos, lo llevaba a casa, le escribía a John diez veces más, daba por hecho que había tenido un accidente de coche y había muerto, llamaba a la mujer de un compañero de trabajo suyo y me enteraba de que al parecer los dos se habían ido al cine y habían estado con los teléfonos apagados. Ella lo sabía porque acababa de llamar a una ambulancia para un sintecho desnudo que estaba sufriendo una sobredosis en su jardín estando ella sola en casa con sus dos bebés. *Creo que nuestros maridos han aprendido hoy una lección importante*, me escribió, pero yo lo dudaba mucho.

En Nochebuena se me saltaron las lágrimas ante el árbol de Navidad porque no creía que todo eso fuera para mí, la familia, la casa, el árbol, la mesa y las sillas, los regalos de Papá Noel, el niño dormido que se levantaría temprano y lo abriría todo.

———

Ventura había ardido por la noche. Por la mañana los vientos de Santa Ana se habían llevado todo el humo hacia el sur, dejando un aire salobre y amarillo. Llevé al niño al colegio en coche porque no se podía andar con tanto humo. A las diez de la mañana clausuraron la escuela.

Cuando le dije a John que estaba disfrutando ahora que podía volver a viajar por trabajo, él me dijo que no sabía cómo se me pasaban esas cosas por la cabeza. Ojalá él no tuviera que viajar tanto, dijo. Siempre nos echaba de menos cuando se iba, aseguró.

Yo hacía un viaje como mucho una vez por semestre, mientras que él iba a Calgary dos veces al mes. Yo no tenía claro si él realmente nos echaba de menos o si más bien odiaba estar solo.

Yo estaba deseando irme de viaje para comer tacos en la cama del hotel y acariciarme hasta quedarme dormida. En casa no quería que mi marido me viera masturbarme. Me avergonzaba tener necesidades.

———

John dijo que no tenía mucha fe en la supervivencia de nuestro matrimonio cuando, al plantearme él la posibilidad de mudarnos a Palo Alto para otro trabajo, yo le dije que me divorciaría y me llevaría al niño.

Si nos mudábamos a Palo Alto, John empezaría a echarme en cara desde el minuto uno que no tenía trabajo. Y luego él perdería el suyo y volveríamos otra vez a la casilla de salida. Empezaba a creer que su principal prioridad era socavarme la moral y que yo siguiera dependiendo de él.

La gata vomitó en el cuenco de la comida. ¿Quién necesitaba metáforas?

Pensaba que no volvería a escribir un libro o a tener otra idea.

Por lo menos no se nos había quemado la casa en los incendios. Por lo menos al niño le gustaba la verdura y sabía leer.

Volví a poner por escrito la historia: *En ocho años nos mudamos seis veces y tuvimos un crío, y yo publiqué tres libros y gané una beca y fui a Atenas con John. Su trabajo nos llevó a la zona de San Francisco. Volvimos. Luego nuestro casero murió y tuvimos que volver a mudarnos.*

Tenía echado el freno de mano interno y no parecía capaz de quitarlo. O quizá estuviera quitado y simplemente me hubiera quedado sin gasolina. O quizá estaba sacando a sifón la gasolina y echándola a un documento inútil y al ralentí. O quizá el motor por fin hubiera muerto.

El coche no iba. Yo no escribía. Daba igual por qué.

Ajusté el teléfono a escala de grises en un intento por controlar mi enganche a mirarlo, pero, tal y como yo lo viví, no tenía sentido controlar el enganche, era desengancharse o desengancharse.

El único día que John tenía que llevar al niño al colegio, se olvidó de prepararle la comida.

Yo estaba al cargo de todo y al mando de nada.

———

Cogí el coche para ir a comer en Hollywood con una amiga que acababa de divorciarse. Tenía una productora con cuatro empleados, incluida ella, y estaban montando cuatro películas y desarrollando veinte. *Es que no hago otra cosa*, dijo sin más. *No veo a amigos. La custodia compartida supone mucho más tiempo libre.*

Resultaba tentador.

———

El veterinario dijo que la muerte podía ser inminente. Le compré comida especial, pero la gata no quiso comérsela.

Leí sobre eutanasia porque me sentía impotente. Luego cepillé a mi agradecida gatita mientras ella ronroneaba tendida sobre el poyete de la ventana. Se la veía mejor. Yo me sentía mejor. La llevé al baño y abrí el grifo del agua caliente. Se tendió en mi regazo, respirando sin más. Le di con la mano el paté de salmón y se lo comió. Improvisé otras comidas sofisticadas y le di otro baño de vapor.

No quiso comer más. Yo me sentía como cuando el niño era un bebé, aturdida y medio viva.

Luego el niño se puso con diarrea y di gracias de que fuera hijo único.

La gata comió un poco más de paté por la noche. Por la mañana le di un baño de vapor de veinte minutos. Ya no soltaba estertores al respirar. Hasta que empezaron otra vez los estertores. Me quedé más pendiente de ella para poder brindarle la muerte cuando la pidiera.

John llevó a la gata a la clínica a medianoche. Volvieron a la casa a las tres y media de la madrugada y la gata maullaba feliz. Le habían succionado la nariz y había pasado un tiempo en la cámara de oxígeno. Bebió un poco de agua y pareció mejorar bastante. Ese mismo día habíamos estado hablando de aplicarle la eutanasia.

Me quedé cuarenta minutos con ella en el baño humidificado. Luego salió y comió atún y pienso.

Al día siguiente le di de comer con una jeringa. No olía la comida, pero cuando la tenía en la boca la disfrutaba. ¿Cuánto tiempo más seguiríamos haciendo esto por ella?

Dejó de comer, beber, asearse, utilizar su caja. Olía mal. Yo no tenía claro ni si podía dormir; parecía todo el rato aturdida y adormilada.

A las cuatro de la mañana se me subió hasta el cuello, se arrebujó bajo la colcha, pegada a mi pecho, como para meterse dentro de mí. Después no conseguí volver a conciliar el sueño, me tomé medio calmante, dormí un poquito y me desperté temblorosa.

Me dieron cita para llevarla a morir a las cinco de la tarde siguiente. Mi cumpleaños.

En teoría los gatos se esconden para morir, pero nuestra gatita quiso arrebujarse en nuestro cuerpo.

Mi gatita bonita y buena, un peso pequeño y cálido sobre el regazo en ese último día.

Me sentía extenuada, exprimida hasta el vacío. Temía no haberla querido lo suficiente en sus últimos momentos. No supe en qué pensaba ella cuando murió en mi regazo. Nunca supe en qué pensaba ella. Era más de lo que podía soportar. Cada postura que yo había adoptado en la casa durante ocho años era a la espera de una gatita en mi pecho, en el regazo o bajo mis rodillas dobladas. Mi cuerpo seguía preparado para ella. Estaba tan dentro de mi cuerpo que, sin su calorcito y su pelaje, me sentía expuesta a un viento ártico que esperaba que por favor me matase.

Vi vídeos de ella jugando y escuché audios de ella ronroneando. Le mandé una nota de agradecimiento a su oncólogo, cancelé sus siguientes citas y la cuenta de la base de datos de su chip. Quité del calendario los recordatorios de las dosis de sus medicamentos antipulgas y guardé su cama, su cesta de juguetes y sus cuencos de comer en un armario. Devolví el humidificador al cuarto del niño, barrí las bolitas de pienso de su zona de comer y me llevé el cepillo quitapelusas a la silla del escritorio, donde tantas siestas había dormido. Pero entonces vi unos pelos suyos y me entraron ganas de vomitar. La prueba de su cuerpo. Ya no podía abrazarla, ni quererla queriendo su cuerpo, aseándolo, besándolo, acariciándolo. Tendría que aprender a quererla más allá del hecho fehaciente de su cuerpo. Con un gato, que no habla, no hay muchas formas de querer que no sean por el cuerpo. Yo le hablaba y le cantaba sus canciones especiales. Ella ya no podía oírme.

La casa estaba vacía, silenciosa y limpia.

Como siempre, sus pelos, en especial los de la capa inferior, la naranja, me moteaban el jersey. No me los quité con el rulo quitapelusas. Llegaría el día en que no quedaría ninguno.

El niño llevaba semanas diciendo que nos iba a sorprender para el 1 de marzo. Esa noche nos anunció que no se había hecho realidad.

Iba a convertirme en gato, nos contó.

Le di a entender que en realidad las personas no cambiaban de especie, y él me dijo, con una sonrisa artera, que su amiga lo había hecho. *Se le estaban curvando las uñas y estaba convirtiéndose en gata.*

—¿Seguro que no era solo en su imaginación?

El niño asintió.

———

John estuvo tres días en Calgary. El niño estaba en el colegio. La gata, muerta. Yo estaba sola por primera vez en años, una soledad con ecos de trance.

Cuando John no estaba, dormía de maravilla.

Ese fin de semana llevé al niño a ver los meteoritos en el edificio de Geología de la UCLA. Luego fuimos a la biblioteca y sacamos un libro sobre meteoritos. Luego fuimos a la tienda a por leche condensada e hicimos caramelos blandos: ¡roca ígnea!

Volví a poner por escrito la historia de mi vida: *El peso de llevar la casa recae por entero sobre mí, puesto que John trabaja a tiempo completo y viaja con frecuencia, así que yo doy clases a media jornada y me paso los días intentando abarcar mucho y apretando una mierda. Anhelo ser capaz de abarcar más o tener menos cosas que abarcar; hace ya más de seis años que nació el niño y todavía me siento sorprendida y confundida.*

Felix vino otra vez, para ver a varios amigos. John le dio una galleta al niño antes de cenar y luego lo puso bocabajo en cuanto terminó de comérsela. Y como esas dos últimas cosas ocurrían casi todos los días, estallé delante de Felix. No podía más.

Le conté a Felix que me habían concedido una residencia pero no podía ir, y comprendí entonces que eso me tenía muy furiosa. Él me dijo que Victoria y él podían venirse cada uno de Calgary un par de días y así arreglarnos para que yo pudiera ir. Allí estaba de nuevo, la tácita lealtad de hermanos. Felix haría lo que fuera por ayudarme porque yo era la mujer de su amigo John, el ser querido de su ser querido. A John jamás se le habría ocurrido pedírselo. Qué enfadada estaba. Hasta ese momento no me había dado cuenta de lo enfadada que estaba. A punto de romperme en añicos.

Luego el niño se cayó y se partió en dos la paleta. Se le puso el labio inferior como una salchicha. Sangre por doquier. Me convertí en un mar de calma para él, pero, en cuanto estuvo acostado, me sentí como si me hubieran pasado por una trituradora de madera.

Todos mis conocidos me decían que John estaba pidiéndome demasiado al exigir que viviéramos en una casa con un estudio para su carrera artística inactiva.

Yo sabía que tenía que mantenerme con vida por el niño, pero ¿no habría sido mejor para él tener una madre muerta que una madre triste e incapaz de quererlo lo suficiente?

Llamé a John al trabajo, lloré y le chillé y luego lloré un poco más.

Luego me llamó el oncólogo y me dijo que me habían encontrado células cancerígenas en el cuello del útero.

Hannah se ofreció a dar mi asignatura por mí si hacía falta. Eben me dijo que recogería al niño del campamento. Mi madre me dijo: *No sé qué decir.*

————

El niño seguía creyendo en el hada de los dientes: entró para enseñarme la gomita rosa en forma de erizo y las cuatro monedas de cuarto que le había metido bajo la almohada.

Así que ahora tenía cáncer.

John estaba siendo muy cariñoso conmigo.

Si los márgenes alrededor de la resección estaban limpios, entonces quizá estaría sana durante bastante tiempo. Intenté tomármelo como que no sería más que una operación sencilla, molesta pero asumible. Luego leí un estudio que decía que el

20 por ciento de los úteros que se extirpaban manifestaban lesiones adicionales por adenocarcinomas y que la histerectomía total era la única respuesta sensata.

El niño lloró porque no sabía terminar su ejercicio de unir los puntos para la clase de Matemáticas. Luego se fue al cuarto y puso en la puerta una nota que decía *Tiempo muerto*. Entré unos minutos después y me lo encontré trabajando tan tranquilo en una construcción suya de Lego, como un dios que se conoce bien.

Cuando John me pidió que empezara a vender los quinientos libros que tenía que reseñar para un premio o si pensaba mudarme con todos ellos a la casa nueva, estallé. *¡¿Ese es el detalle que te preocupa?!*

———

John habló por teléfono con su padrastro. *No, todavía no tenemos donde vivir. Sí, sus padres lo saben.* Sonaba todo a reír por no llorar.

Decidí no contarle a mucha gente lo del cáncer salvo si los márgenes no salían limpios.

Decidí hacer mi residencia artística salvo si estaba desangrándome.

Días después de que un chalado de extrema derecha publicara en redes sociales que deberían matar a todos los periodistas, asesinaron a tiros a cinco personas en la redacción de un periódico. Fue el día que me rendí y acepté que algún día me pegarían un tiro. Hasta entonces a lo único a lo que podía aspirar era a ser un ejemplo para el niño.

Ese domingo decidí decirle: *Mañana voy al médico para que me hagan una operación muy pequeñita que se llama biopsia. Papá me va a recoger en el médico y tú te vas a quedar aquí en casa con la niñera. A lo mejor estoy un par de días cansada y luego durante un mes o así no podré coger peso ni nadar. Pero después de eso me pondré bien del todo.*

Una vez con el guion claro, tuve una excelente sesión preoperatoria con John.

———

Me sentía mareada y me faltaba el aire por la anestesia, pero el dolor no era muy fuerte. Seguramente no tendría que haberme puesto a hacerle el desayuno y la comida al niño, pero quería que él sintiera que todo era normal.

Eben descubrió que su mujer estaba engañándolo. Me contó que el indicador más claro del engaño era el desprecio por parte del cónyuge adúltero. Me tomé medio calmante. Me temblaban las manos.

John y yo nos llevamos y nos tratamos bien durante mi convalecencia. A las cinco semanas de la operación me sentí con la confianza suficiente para tocarme el lugar donde antes tenía el cuello uterino. Estaba hueco, una bóveda, ya no había bulto.

———

John quería que el niño fuera a una escuela primaria en la que no separaban a los niños por cursos. Yo empecé a decir: *Yo no quiero que se convierta en un...*, y entonces John dijo: *¿En un apuesto ejecutivo de una de las empresas más grandes del mundo, después de fundar dos empresas propias y exponer en uno de los museos más importantes del país?*, y a los dos nos entró la risa floja.

Pero él no era ejecutivo; era gerente. Sus empresas se habían ido a pique y su carrera como cineasta incipiente nunca había despegado.

Y yo era una mujer que había dejado su futuro en manos de ese hombre. Me había dejado convencer para subsistir de los frutos de sus privilegios tardocapitalistas. Había elegido tener un hijo con él, y luego había elegido quedarme porque creía que éramos un equipo. Porque deseaba que fuéramos un equipo.

Escuché hablar a Eben mientras yo limpiaba la casa. Había descubierto dos tarjetas de crédito secretas.

———

Me pasé seis horas en urgencias después de que el niño vomitara el antibiótico. Tenía fiebre y amigdalitis. Le pusieron suero, esteroides, un antiemético, más antibióticos y un analgésico en supositorio, y volvimos a casa agotados. A punto de entrar en órbita por la presión de mi ansiedad, me tomé dos calmantes y dormí como pude.

Al día siguiente, llevé al niño al médico y le insistí para que le pusiera dos inyecciones intramusculares para terminar la pauta. Que la ciencia bendiga a este niño, el organismo en el que volcaré hasta mi último aliento de vida.

Cuando vuelvas al cole, les puedes contar a todos lo del hospital... —*No quiero*. Ojos llenos de lágrimas.

Llevé al niño a comer a la playa y en cuanto llegamos se puso a llorar y dijo que estaba cansado, que quería volver a casa a dormir una siesta.

Encendida por el miedo y el agotamiento, intenté echarme yo también, pero solo conseguí sumergirme bajo la superficie, mientras el verdadero sueño esperaba en el fondo del lago.

———

John y yo fuimos a ver la casa nueva mientras el niño estaba en el colegio. El dormitorio más grande era el único que había en la planta de arriba. ¿Debíamos quedarnos con ese cuarto? ¿Y el niño iría en el cuarto que daba a la calle o en el otro? Todo dependía de la acústica. John subió al de arriba mientras yo permanecía en el que daba al jardín trasero y entonces él se puso a hacer sonidos sexuales. *¡Dámelo todo, nena, así, así!* Riendo. Nunca nos habíamos reído tanto juntos.

Fui de un lado a otro sacando cosas de cajas mientras John y el niño jugaban y entonces él me dijo: *Descansa un poco*. Me censuraba por hacer malabarismos con veinte cosas a la vez mientras él estaba delante del portátil. Le expliqué que lo que me faltaba a mí era que me dijera que me relajara mientras él estaba ahí mirando como yo lo hacía todo. *Joder, a ver si te bajan esos humos que te das*, me dijo.

John construyó cuatro bancos de cultivo y plantó tomates, fresas, pimientos, pepinos, calabacines y hierbas aromáticas. Instaló un sistema de riego automático que funcionaba regular y costó cientos de dólares montar.

Estás cada vez más cabreada y más loca, dijo John mientras me veía poner lavadoras, fregar los platos, pagar las facturas y solicitar refinanciación para sus préstamos universitarios. *Para de una vez.* Paré.

John empezó el día preguntándole al niño: *¿Quieres ir al cole en bici o andando?* Todavía no habíamos probado a que fuera en bici y andando iba a ser cansado para él porque esa noche se había despertado con el pijama mojado a las tres de la mañana y habíamos tenido que cambiarlo. Dije que iríamos mejor en coche y que podíamos ir andando o en bici dentro de un par de días. John puso los ojos en blanco para asegurarse de que el niño supiera que no merecía la pena escuchar lo que pudiera decir su madre.

Después de la pelea, recordé que las mudanzas eran estresantes y exacerbaban los conflictos, y había sido por eso. Vino para almorzar, café para cenar. Llevaba una semana con la misma jaqueca.

La oncóloga no conseguía localizar lo que me quedaba de cuello uterino durante la colposcopia porque había remontado por el útero. Tuvo que bajarlo con un fórceps para poder hacerme un raspado endocervical. Mientras atravesaba el aparcamiento con John, de vuelta al coche, vomité.

Luego John se fue a Calgary.

Vino un manitas para intentar desatascar los desagües y arreglar las mosquiteras, la puerta y el buzón rotos. Me preguntó si teníamos el contrato de alquiler por meses o por años y puso cara de espanto cuando le dije que nos habíamos mudado hacía tres semanas.

El niño se echó a llorar dos veces en clase de gimnasia. Me metí sin querer en una autovía de mil carriles y luego me tomé un segundo vino. Se me rompió un cuenco pero no me acordé hasta que vi los trozos en la basura. Se me olvidaban palabras.

Podrías sobrevivir al apocalipsis, escribió Hannah. Aquello me puso triste. Yo no quería tener que sobrevivir a eso.

Hasta llamé a mi madre. Me habló en detalle sobre un padrastro que se le había infectado y me preguntó si le recomendaba leer a Nicholas Sparks porque había muchos libros suyos en el estante de intercambio de su urbanización.

Mi amada familia y yo vivimos en una casa bonita y tenemos seguro médico gracias al trabajo de mi marido, escribí para mí. *Reímos a diario. Yo tengo la suerte de enseñar a leer y a escribir mejor a la gente, lo que es un acto radical.*

A lo mejor John se la estaba machacando con porno en vez de follando conmigo.

Reformular la narrativa: *Qué suerte que ya no quisiera tener más hijos antes de este diagnóstico.*

Había tenido un gran compañero, un gran embarazo, un gran niño… Es más, casi no conocía a nadie con tanta suerte. Yo me aferraba a mi cuentecito. No todo era mentira.

La noche antes de mi histerectomía, tuvimos una sesión muy tierna y amorosa. El hombre que tenía encima era el mismo, pero con el pelo entrecano, arrugas y ojos viejos y sabios. Vi en ellos todo nuestro amor duradero.

Esa noche soñé que compartía cama con un apuesto hombre de pelo blanco. Yacíamos en un abrazo total. Yo besaba tiernamente su boca anciana. Lo quería a pesar de mi marido. No podíamos estar juntos; teníamos vidas ya muy hechas y en mundos distintos. Pero el anciano era mi marido, en otros tiempos moreno y con ojos como el azabache. En el sueño yo tenía mi edad real, pero el anciano representaba una dedicación al amor maduro, al amor prolongado, una identificación con los muy ancianos, quizá una aspiración a ser así de mayor, a estar con mi marido hasta que tuviera el aspecto del hombre del sueño.

——————

Histerectomía.

Hice la cama del niño y luego tuve que echarme un rato. Hice masa para dos tandas de galletas y tuve que echarme otra vez. El niño preguntó cuánto tiempo tardaría en ponerme buena.

John me contó que me había cogido de la mano cuando me había puesto a gritar y a temblar en medio de la noche, pero yo no me acordaba.

———

La oncóloga me envió el informe patológico: no se han hallado células cancerígenas en el útero. No necesitaba quimio. Se acabó. En cuanto lo comprendí, sentí la violencia plena y eviscerante de que me hubieran sacado cuatro órganos de la barriga.

John metió las botellas de sifón recargables en el lavavajillas y las derritió porque no había leído las instrucciones. Había metido la mayoría de los platos en el lavavajillas pero no todos, no había frotado ninguna encimera, no había limpiado las tablas de cortar. No había muesli. Había que barrer el suelo. Limpié llevada por la rabia y pedí botellas de sifón nuevas.

Ser ignorada… ¿era eso lo que me lo provocaba? ¿La rabia y, de algún modo, también, el deseo? *Me pone cuando me ignoras.*

John y el niño me regalaron un cepillo desenredante morado para mi cumpleaños, pensado para gente con el pelo muy rizado, tipo de pelo del que carezco, así como un juego de gomillas de arcoíris, igual que el que me habían comprado en Navidad. ¡Felicidades!

Hace años John me había dicho que mi capacidad para auto-diagnosticarme conductas locas y disculparme por ellas en un plazo de dos horas era una excepción inusitada en una mujer. Estuve años aferrándome a ese piropo, exprimiendo su calidez gota a gota.

———

Marni, mi mejor amiga de aquí, se enteró de que su marido había estado engañándola y lo primero que pensé fue: *Doy gracias por que el mayor problema de mi matrimonio sea que no follamos mucho.* Pero a lo mejor no era que no follásemos mucho; era que, en cuanto nos poníamos al tema, John parecía perder la noción de mi presencia en el cuarto. Se convertía en un actor y yo era su atrezo, y él era también, a la vez, su nutrido público, que lo adoraba. Se veía repetir sus movimientos favoritos y enamorarse de sí mismo una y otra vez.

Le ofrecí a Marni que se quedara en nuestra habitación de invitados, que era al mismo tiempo el despacho de John. Este estuvo recordándome cada dos por tres que también su madre había alojado una vez a una amiga suya en el mismo trance. Parecía muy complacido consigo mismo. No creo que Marni y él hubieran intercambiado más de diez palabras a esas alturas. Le escuché hablar con alguien por teléfono sobre «su» amiga que acababa de venirse a casa a vivir para escapar del cabrón de su marido.

Marni dijo que había llamado a la querida de su marido y le había explicado que tener una aventura con un hombre con niños pequeños era intrínsecamente antifeminista porque las madres ya estaban de por sí en desventaja financiera y social.

Le dijo a la mujer que debería colgar y pensar de qué manera podía ayudar a las mujeres, ser parte de la solución.

Marni se sentó en el suelo, con la espalda contra la pared, mientras yo desdoblaba su futón. Pensé en la palabra «antifeminista». Pensé en la palabra «querida». Me llegó un mensaje de Eben. Había encontrado una cámara oculta en una lámpara de la cocina.

———

Cuando mencioné la saga de libros *Los seis signos de la luz*, John dijo *Ah, la de Luces del Norte*. Y luego insistió en que tenía razón a pesar de que le expliqué varias veces que estábamos hablando de dos sagas distintas. Y entonces perdí los estribos. Luego él me sermoneó por perder los estribos. Luego me dijo que yo tenía que superar lo que quiera que estuviese angustiándome y que la vida nunca iba a volverse más fácil.

Lo estuve postergando unas horas, todo lo que pude, y luego me rendí e imaginé lo suave que sentiría la horca en el cuello cuando me quedara colgada de ella.

Estuve una hora limpiando la casa mientras el niño y John iban al parque, y cuando volvieron el niño dijo: *¡Alguien lo ha limpiado todo!*

———

El niño nos pegó su resfriado a los dos. John pasó dos días en cama; yo llevé a la gata nueva al veterinario, hice la compra, fregué los platos, hice la colada y planeé todas las comidas y llevé al niño al colegio y suma y sigue. Me eché una siesta pero por lo demás lo mantuve todo en marcha. Y así son los resfriados de las madres.

Me encontré a John fuera, cogiendo los limones del árbol. ¿Teníamos azúcar, tarros, una receta? No teníamos. Conseguí que parara de coger cuando ya llevaba unos seis kilos cosechados. Fue a comprar tarros y trajo una docena de cuarto de kilo. Íbamos a necesitar por lo menos tres docenas más. Yo tenía que hacerle la cena al niño. La cocina estaba llena de limones.

———

John me reprendía por, según él, enfadarme demasiado por las cosas. No aceptaba que el origen de mi rabia era que él me trataba con desdén y me ignoraba.

Cuando la psiquiatra me dijo: *Sé que no los toma todos los días pero ¿cómo quiere que le haga la receta?*, yo le contesté: *Usted escriba simplemente «Por favor, denle a Jane todos los calmantes que necesite» y luego fírmelo.*

Victoria vino a la ciudad por un congreso y cenó en casa. Cuando se fue, John dijo: *Siempre te comportas raro cuando están mis amigos.*

Esa noche, por milésima vez, le dije a John que necesitaba que se acostara conmigo. Él se enfrascó en toda una lista de razones por las que no estaba en la obligación de tener relaciones conmigo, entre ellas, que la mayoría de la gente de nuestra edad ya no tenía relaciones y que lo novedoso era una parte muy importante del asunto. Creyó haber argumentado con éxito que mi humillación era poco razonable, irrelevante y errónea.

Me fui a la cama con migraña y con lágrimas en los ojos.

———

Marni y Eben no paraban de contarme todo tipo de detalles horribles sobre las infidelidades de sus parejas. Yo no soportaba cargar sola con ese peso. Intenté contarle algunas a John, pero al contárselas me ponía a llorar.

En nuestro décimo aniversario fuimos a cenar y luego decidimos volver por la carretera de la sierra, por Topanga. Al poco ya estaba mareada y suplicándole a John que no acelerara en cada curva, y como siempre él pareció coger las curvas más rápido todavía con el pretexto de que era más importante no tener cola detrás y de que no se podía conducir por debajo del límite de velocidad.

Mientras yo hacía lo posible por no vomitar, John dijo alegremente que seguro que algún día superaría los mareos del coche, que por el contrario estaban claramente empeorando con los años, y luego le dije que dejara de hablar porque estaba otra vez en modo Boca Tonta. Él entonces se encendió y se puso como un loco, acusándome de gritarles a él y al niño todos los días, todo el rato, aunque me dio cero ejemplos de lo último, y yo le dije que su condescendencia y su actitud desdeñosa me cabreaban mucho, luego él me dijo que no podía acostarse conmigo si estaba enfadada. *Me das miedo*, dijo.

Hablaba como si él hubiera hecho todo lo posible por salvar nuestro matrimonio: todo lo posible salvo ser menos arrogante o ir a una sesión de terapia individual o de pareja o disculparse por algo en su vida.

Yo estaba preparada. Sabía por qué se divorciaba la gente. Pero ¿quién nos cuidaría en la vejez?

Por la mañana no me hablaba. Me entraban ganas de vomitar.

Le mandé un correo para preguntarle por huecos para una sesión de terapia de pareja y él me arrinconó en la cocina y me hizo llorar.

Me puse el collar que me había regalado por nuestro décimo aniversario. Decidí ponérmelo a diario, para recordar que nuestro matrimonio, ay, esa cosa sagrada, merecía salvarse.

———

John compró dos tablones de madera enormes y construyó una pared para colgarlos, en el garaje, y luego los recubrió con pintura negra.

Esa noche en la cena dijo: *He creado una manera de pintar totalmente nueva.*

Le mandó fotos de los tablones a su galerista, que no respondió. ¿Cuándo iba a responder? Lo animé a llamarla por teléfono, pero se limitó a asentir y nunca más se supo.

———

El niño estaba sentado con nosotros cuando le dije a John que se comportaba como si me odiara. Nunca le había visto una cara más enfadada. Al parecer no quería que el niño creyera que él me odiaba. Ese era el secreto que no quería que supiera nadie salvo nuestros amigos.

Limpié la casa con afán y escribí mil palabras. Le dije a mi padre que iba a postularme para un trabajo administrativo a tiempo completo y él me preguntó que por qué. *Para ganar más dinero*, le dije. *John quiere que gane más dinero.*

—Pero si ya ganas dinero y además eres madre. ¿Qué más quieres hacer? Aceptar ese trabajo supondría boicotear lo que ingresaba por escribir y terminaría con mi carrera como escritora de una vez por todas. Mi padre ya sabía, pese a que yo no lo sabía aún, que lo que John más deseaba era que yo hiciera justo eso.

———

En esa época, cuando volvía de correr y llegaba a nuestro salón sudada, con los pantalones cortos y el sujetador deportivo, John al instante me proponía que follásemos. Era un buen incentivo para ir a correr después de cenar.

Una noche me recordó que ese fin de semana venían Victoria y su hijo y se quedaban en casa, de modo que no podíamos follar estando ellos allí. Yo me quedé desconcertada; no éramos precisamente de esa gente que se pone a follar con invitados en casa.

Victoria vino a casa con su hijo. Estaban visitando facultades para que el chico eligiera dónde estudiar. Felix se había quedado en Calgary con las niñas.

Fuimos todos juntos a una tienda de bicis para que el chico mirara bicis de piñón fijo. John hizo fotos de nuestros hijos juntos, uno diez años mayor que el otro. Fuimos a una librería y les compramos cómics a los chicos.

Después del viaje, el hijo de Victoria le mandó al niño algunos cómics suyos de cuando era pequeño. El niño se quedó hasta tarde leyéndolos.

———

Desde el principio de nuestra relación, John había asegurado que, si yo lo engañaba, él no quería saberlo. Siempre decía lo mismo cuando hablábamos de las infidelidades de otros: *Yo creo en no preguntarle a la Bola Mágica preguntas cuya respuesta no quiero saber.* Yo era de la misma opinión. Resultaba tan fácil seguirle la corriente; parecía tan maduro, tan europeo en ese aspecto.

A John le pusieron la décima multa de estacionamiento del año y yo no podía conseguirle el distintivo para residentes si no se cambiaba antes el domicilio en el que aparecía registrado el coche, y eso tampoco podía hacerlo si él no cambiaba antes la dirección de su permiso de conducir, cosa que nunca ocurriría.

Aun así, me sentía agradecida por que nos hubiéramos encontrado el uno al otro y permaneciéramos juntos y dejáramos al otro cambiar: sentía que si la perspectiva de un matrimonio de diez años era así de amplia, apenas me imaginaba cómo debía ser a los veinte, treinta, cuarenta años…

Luego tuvimos nuestra novena sesión del año. Unos días después tuvimos la décima. Íbamos a alcanzar mi objetivo: doce sesiones por año de calendario.

Recién llegada de correr, subí y le dije a John, que estaba en la cama: *Espero que estés viendo porno*. ¡Y sí! Sesión acalorada y breve, la undécima. Demasiado breve. *Puede que haya visto demasiado porno*, dijo él luego. Y nos reímos.

———

Cuando a John se le olvidó recoger la ropa de la tintorería y se lo eché en cara, él insistió en que yo debía reconocer que al menos él lo había intentado. *No es culpa mía*, dijo, creyéndolo ciegamente.

Para entonces yo había empezado a responder: *Como nada nunca*.

John se indignó mucho conmigo hasta que me disculpé. ¿Por qué? Yo no lo sabía. Utilizó mi ignorancia como prueba de la gravedad de la ofensa. Luego lo entendí: mi ofensa era no haberle reconocido el mérito de haber recogido la ropa cuando no había ido a recoger la ropa.

———

John leyó el borrador de mi libro nuevo y dijo que había que reestructurar todo el tema de los párrafos, y entonces yo caí en la poza. No sabía hacer una flexión, tenía prediabetes y nunca había ganado dinero alguno. Sin el libro nuevo, yo no tenía nada y no era nada.

No quise aceptarlo. Decidí entonces que el libro estaba acabado. Se lo mandé a mi agente.

Cuando le puse una tostada con miel delante, el niño dijo: *Gracias, mami*, con un hilito de voz de lo más dulce. En otro momento que estaba yo leyendo en el sofá, vino y me echó los brazos encima y me dijo *OQMO*, que significa Osito Quiere a Mamá Osa. A las diez de la mañana dejó de moquear y cuando fui a ver cómo estaba me encontré con que se había vuelto él solo a la cama.

Un pajarillo empapado de fiebre, dormido como un tronco.

La fiebre se le pasó al cuarto día, tal y como había dicho el médico.

El cumpleaños del niño. Lo primero que hizo fue escribir *He hecho esto en mi octavo cumpleaños* en un post-it y luego lo dobló e hizo una grulla.

John propuso una sesión ¡y lo hicimos en el suelo! La moqueta le dejó la rodilla en carne viva, con sangre incluso.

Después vendí mi libro.

Abrí una botella de prosecco y le hice a John bailar conmigo en el salón.

———

Al día siguiente había un temido cumpleaños infantil. Llegamos una hora y media tarde porque John ignoró dos correos del anfitrión. Se comportó como si así fuera la vida. No se disculpó ni conmigo ni con el niño ni con los padres, que estaban ya recogiendo, aturdidos. No quedaba tarta.

Después de la fiesta me llevé al niño a correr un rato. John estuvo pintando en el garaje mientras yo terminaba la lavadora, hacía las cuentas de la casa y ponía al niño a escribir delante de una pila de tarjetas de agradecimiento.

Cuando le dije a John que mis dos objetivos del año habían sido vender la novela y perder cinco kilos, me dijo: *¿De verdad te hace falta perder cinco kilos?* Así que hice galletas y me comí seis, y entonces John se burló de mí.

Me ofendes cuando eres condescendiente conmigo, le dije. A lo que él respondió: *Ahora mismo estás muy tensa.*

Esto lo puedo arreglar yo, pensé mientras él me decía que tenía que tomar más medicación, que necesitaba más terapia. Decidí no iniciar interacciones con John y reaccionar mínimamente cuando las iniciara él. Así evitaríamos el conflicto. Mi matrimonio se tornó gris aguanieve.

———

Cuando llevábamos varias semanas de pandemia, las tareas que le mandaban al niño por internet se quedaron prácticamente en nada. Diseñé un horario de colegio en casa y lo imprimí para ponérselo encima del escritorio. A lo mejor pronto puedo escribir algo, pensé.

Las informaciones decían que estaríamos confinados entre doce y dieciocho meses. No me costaba mantener alta la moral por el niño; sin él seguramente me habría hundido en la miseria.

El niño se pasó una hora escribiendo en su diario de la pandemia. Hicimos más galletas. Por la tarde fuimos andando a devolver unos libros a la biblioteca pero nos encontramos con que los contenedores de devolución estaban sellados para mantener a raya el virus.

Fuimos andando al vivero para comprar más semillas pero la tienda estaba cerrada hasta nuevo aviso.

Hice masa de pan con el niño pero como la levadura estaba caducada acabamos haciendo pitas.

John dijo que, si se iba todo al traste, nos mudaríamos a Australia, y por una vez estaba tan cansada que me dio exactamente igual.

———

En una noche que habíamos quedado en follar, John se quedó hablando hasta tarde con Victoria por teléfono. Estaba en el sofá del salón y tenía la cara sonrosada, con una expresión que era la agradecida incredulidad de un adolescente virgen. Estaba muy animado, sonaba como si se hubiera metido coca.

Cuando por fin colgó, le di un sermón sobre lo que me parecía un flagrante romance emocional con Victoria. Quedamos en reservar los jueves como noche de cita a perpetuidad.

————

John salió a correr y luego me propuso un polvo rápido y maloliente. No se había echado desodorante.

Por la mañana el niño se levantó de la cama llorando. *Mami, a ti se te da muy bien saber siempre por qué lloro. Pero yo ahora no sé por qué estoy llorando.* Le dije que era porque su cuerpo era sabio y echaba de menos ir al colegio.

Luego me dio un abrazo y dijo: *Esta experiencia es muy rara.* Qué mundo interior el suyo.

Me pasé el resto del día en el sofá manteniéndome disponible y semiatenta, a la espera de que el niño me llamara. El único objeto de ese trabajo era el propio niño, que acumularía el resultado de mi trabajo en forma de una gradual evolución intelectual y moral. Yo acumularía mi parte pareciendo más vieja y cansada.

————

John me dijo como si tal cosa que iba a salir con la bici, a pesar de que habíamos planeado hacer yoga juntos, y yo estallé.

Él se puso muy furioso porque me sentara mal y pensaba que debía disculparme por mi enfado. *No es culpa mía*, dijo él y yo zanjé la discusión con un *Nunca lo es*.

Cuando le pedí a John que me mirara los cambios de la bici, que no me iban bien, él me dijo: *Quita*. Luego me dio un empujón para pasar. En vez de enfadarme, le dije: *La próxima vez, por favor dime: «Perdona, que voy a pasar»*. El niño me notó decaída y me dijo al oído QMF, que eran nuestras siglas secretas para decir Quiero a Mi Familia.

Decidí que no me dejaría ofender cuando John intentara ofenderme. No reaccionaría. Ya había empezado a funcionar.

Marni me escribió: *Esto no es precisamente mi vida soñada*, a lo que le respondí: *Somos demasiado viejas para soñar*. La vida a nuestra edad consistía en alimentar a las crías, servir a la comunidad y, para las más afortunadas, alguna forma de amor desgastado y más sabio, no un amor soñado.

Me dije a mí misma que cuando me sentía ofendida era porque yo llevaba conmigo un daño emocional por otra cosa, infligido en mi infancia, no por mi marido. *Mira, mi herida*. Pero él no me la había hecho. Y ese era mi nuevo relato de los hechos.

Con este nuevo contrato de edición, en estos momentos seguramente tú estés más cerca de ser multimillonaria que yo, dijo John con fastidio. Parecía molesto, pero ¿por qué? Era algo caído del cielo que nos beneficiaba a los tres.

Teníamos pensado ver la segunda parte de una película esa noche, pero después de cenar John instaló su consola en la mesa del comedor. Victoria y él habían empezado a jugar todos los fines de semana hasta las tantas de la noche, a veces entre cinco y seis horas.

Yo estaba consiguiendo que el niño mantuviera el contacto con sus amigos, John estaba consiguiendo cuidar de John, y yo me sentía abandonada y menospreciada e ignorada.

―――――

El confinamiento había interrumpido las cadenas globales de suministros y los supermercados empezaban a tener problemas para aprovisionarse. John me presionó para que fuera a un supermercado de un barrio lejano donde, según le habían dicho, había lechuga fresca. Aparcar fue una pesadilla y yo no sabía dónde estaba nada y en la tienda faltaban muchas cosas que necesitábamos, y la gente estaba tosiendo y había un hombre sin mascarilla en la puerta, allí plantado y tosiendo, y a mí me dio un ataque de ansiedad al volver a casa.

Lo peor era que yo sabía que sería así. Pero yo no había tenido la energía necesaria para resistir la presión de John, que yo sabía que duraría hasta que me rindiera y fuera al supermercado. Él quería lechuga fresca para sus sándwiches.

Esa noche, con repentina voracidad, John propuso una sesión bien enérgica.

―――――

El sábado, como todos los sábados del confinamiento, el niño y yo limpiamos la casa. Él se vestía, recogía su cuarto, pasaba la aspiradora por su alfombra, movía las sillas del comedor y también aspiraba por allí debajo. Yo hacía los baños y la cocina.

La garganta se me inflamó entonces y me sentí febril y le pedí un termómetro a un vecino: 37,5.

Escalofríos. Me dolía la piel por todo el cuerpo.

Tenía covid. Lo había pillado en el supermercado, comprando la lechuga de John.

Eben se pasó por casa para dejarme un espirómetro. Aunque me daban tiriteras, pude ducharme.

El niño subió varias veces hasta la mitad de los escalones para hablar conmigo. Siempre me decía *Ojalá pudiera darte un abrazo*. Abrazábamos una almohada y nos sonreíamos.

Las noches las pasaba muy mal, con un dolor de oído punzante y alucinaciones acústicas que no paraban de despertarme. Era el sonido del niño susurrando: *Mami*.

Luego una mañana salí de la cama, me vestí, me puse las lentillas y pasé al ordenador unas notas para el libro nuevo.

Al siguiente sábado bajé, una vez terminado oficialmente mi aislamiento, y me encontré con que John había dejado la puerta trasera abierta de par en par y el aire acondicionado del salón puesto. Había vómito de gato en la alfombra del comedor.

Una amiga me había traído sopa hacía una semana y John la había metido en la nevera y ahí se había quedado.

Volvió a subirme la fiebre.

El Día de la Madre John hizo tortitas. La gata jugó con un tapón de plástico. El niño me hizo un octaedro de papel.

El niño necesitaba nunchacos para kárate, hacer un análisis de composición de la tierra para la clase de Jardinería y escribir un noticiero para el colegio. La cantidad de supervisión que exigían esas actividades era desbordante; al final yo tendría que hacer las tres cosas después de intentar sin éxito engatusar al niño para que las hiciera él. La semana que había estado aislada con coronavirus y no había tenido que supervisar la educación de mi hijo había sido la más fácil del año.

El niño me preguntó qué estaba escribiendo y se lo expliqué. Luego me preguntó: *¿En qué te has inspirado para el libro nuevo?*

Me escuchó y luego cogió un cómic del hijo de Victoria y dijo: *Este es mi cómic de cabecera.*

John propuso que nos mudáramos a otra casa para el resto de la pandemia. Le pedí que me diera una buena razón para ello, y me contestó de mala manera diciéndome que le diera yo una buena razón para no hacerlo. Sentí que la rabia se me acumulaba por dentro. John se cabreó. Dijo que ya casi no tenía esperanza en nuestro matrimonio, pero él había empezado la pelea. No tenía sentido.

El niño estaba lloroso y no tenía paciencia consigo mismo, seguramente porque había tenido que levantarse temprano para la clase de Jardinería. *A veces el cuerpo necesita llorar. Y no pasa nada si no sabes por qué.* Me senté a su lado, exudando un amor fiero.

———

Después de un paseo por la playa y de hacer enchiladas para cenar, me entró una jaqueca penetrante y escozor en los ojos.

Por la mañana ya tenía mejor el olfato, pero me vino entonces la fatiga. El café no servía de nada.

Esa misma mañana caí en la cuenta de que hacía mucho que John no me abrazaba en la cama.

Le compré a John una cuchara de acero inoxidable con un *11 años* grabado como regalo por nuestro undécimo aniversario (el de acero).

Esa noche John dijo que le dolía demasiado el hombro para abrazarme. Dormí en el otro lado de la cama para que me abrazara con el otro brazo, pero algo no cuadraba.

———

La fauna del lugar se había envalentonado durante el confinamiento, así se había reducido el tráfico.

Un halcón se posó en la punta del poste de teléfonos y se comió a un pajarillo. A cada mordisco salía despedida una bola de plumón que el viento se llevaba. El halcón hizo un sonido que me recordó a las ruedas de un coche de juguete girando muy rápido. Había dos pajaritos posados en el cable a una distancia prudencial, piando. Estaban discutiendo con él, pidiéndole que les devolviera el cuerpo de su hermano.

Seguía costándome bastante oler.

Fuimos entonces a la playa, donde el niño no tardó en desaparecer de nuestra vista. Yo me puse a lamentarme como una loca. *Si no aparece, yo me mato; quiero que lo sepas*, le dije a John.

Vi una cabecita asomando en el agua, a lo lejos. Era el niño. Un tipo echó a nadar hacia él. Apareció un vigilante que nos pidió con cierta severidad que no mandáramos a nadie más hasta allí, que se trataba de un nadador de fondo.

A los pocos minutos apareció el niño a dos puestos de salvavidas de distancia. Creía que John le había dicho que quedábamos en el espigón de roca más lejano, no en el más cercano. *Es raro, estaba perdido y ni lo sabía*, dijo. Para él, la experiencia había sido un placentero paseo a orillas del Pacífico.

Caminamos por la playa mientras los delfines nadaban plácidamente.

Esa noche, en cuanto el niño se acostó, John se fue al garaje a pintar. Yo encargué unas pegatinas con la cara de la gata como regalo para el Día del Padre.

Fui a preguntarle al niño qué tal estaba conmigo tanto rato en el estudio, y estaba perfectamente, pareció divertirle que yo creyera que lo estaba pasando mal.

Ninguno de mis amigos casados tenía una pareja que no fuera imposible gran parte del tiempo.

La garganta inflamada y la fiebre seguían yendo y viniéndome. Tenía picores por las piernas y escozor en los ojos, y luego, cuando intentaba quedarme dormida, venían los susurros.

Durante todo el covid, no había pasado más de un día sin escribir un poco. No había pasado un solo fin de semana sin limpiar la casa entera.

Esa noche fue nuestra octava sesión del año. Charlamos y nos dimos masajes y nos asombró lo repentino de nuestro envejecimiento; ese año los dos habíamos empezado a notar una pérdida de colágeno increíble en nuestro cuerpo. *Yo siempre he querido tener manos de viejo*, dijo John.

———

Antes de irnos de vacaciones, limpié la casa, pasé la aspiradora, cambié las sábanas, saqué la basura, metí todo en las maletas salvo las cosas de John, cargué el coche, llené el depósito. Luego John condujo todo el camino hasta Mendocino. En los últimos sesenta kilómetros, el niño y yo casi vomitamos.

Cuando bajé y deshice todas las maletas, fui a una tienda y compré Biodramina y caramelos de jengibre. Luego fuimos, conmigo al volante, a hacer una ruta por la costa. Decidí que cogería yo el coche para los desplazamientos cortos y que medicaría al niño para los trayectos largos.

John me felicitó por mi conducción por montaña.

Leí sesenta páginas de una novela de un alumno y luego estuve una hora charlando con él sobre el libro mientras el niño hacía un puzle y John trabajaba como un loco en un proyecto de voluntariado para el bufete de Calgary donde trabajaba Victoria. ¿Qué quería, conseguir otro trabajo? No, era solo que Victoria necesitaba ayuda y él era uno de los pocos que entendía cómo ayudarla.

La ducha exterior estaba llena de babosas amarillas. El niño estaba encantado. Unos minutos después salí para ver cómo iba y me lo encontré llorando. El agua salía fría y no sabía cómo cambiarla.

Después de una hora conduciendo por carreteras de montaña y dándole Biodramina al niño, no encontramos el parque que John había elegido para nuestra ruta de senderismo. No paró de criticar mi forma de conducir.

Así que, en sus peores días, mi marido era un maltratador narcisista arrogante, inseguro y enganchado al trabajo, de gustos refinados, que mantenía poder sobre mí tomando decisiones importantes sin mi opinión ni mi consentimiento. Podía ser todavía peor, pensé.

Los platos. La lavadora. Cocinar. Planeé el día y busqué en el GPS cómo ir a un bar, a una caminata por la playa, a ver focas. Hice la lista de la compra, fui a comprar, volví a casa y lo guardé todo en su sitio. Era una madre de vacaciones.

Entré para despertar al niño, que me echó un brazo por encima y se volvió a quedar dormido al instante.

John ya no me tocaba cuando dormíamos —su excusa era su hombro dolorido—, ni cuando nos quedábamos mirando las estrellas ni en ningún otro momento. Me daba un pavor increíble.

Otra amiga de la facultad de John vino a vernos con su marido. No los veíamos mucho; vivían en el campo, cerca de donde estábamos quedándonos.

Su marido era simpático, estable, totalmente entregado a ella, había estado colgado por ella mucho tiempo. Era el segundo matrimonio de ambos. Él tenía el pelo gris y vestía desaliñado, pero llevaba al menos una década cómodo en su cuerpo de mediana edad, no como los demás, que todavía no teníamos claro que estuviésemos dispuestos a rendirnos. Él se había rendido hacía años. No parecía arrepentirse de nada de su vida ni de sí mismo. Parecía como el alumno enrollado de último curso, años más sabio que nosotros los de primero.

Me sentía bien por la juventud relativa de mi cuerpo y de mi piel tersa, y por saber los nombres y la pronunciación correcta de Île de la Cité y Berthillon, pero, dentro de veinte años, ¿por qué me sentiría bien? Qué estupidez, pensar en esas cosas.

Conduje por un camino largo y mareante con una niebla tremendamente cerrada hasta otra playa aburrida como ella sola, donde el niño escaló un poco pero donde más que nada nos quedamos mirando el mar gris y buscando piedrecitas. Al día siguiente hicimos un trayecto de doce horas hacia el sur por la costa y volvimos a casa.

De joven había jurado que nunca me casaría. Por entonces ya había comprendido que el compromiso era una trampa que cerraba vías de escape por lo demás accesibles. Luego estuve diez años en terapia y aprendí que el compromiso era un don, la capacidad de entregar tu corazón a otro. De renunciar a todos los demás.

Luego, más de una década de matrimonio después, tuve que reaprender que también es lo otro, la trampa. Es ambas cosas. Me sentía tonta por tener que reaprender algo que ya sabía treinta años antes. Las dos verdades, juntas, pesaban más que por separado. Me aferré con fuerza a ambas.

Empecé a darme yo misma la liberación sexual que necesitaba antes de dormir, con o sin John allí. Al menos mi cuerpo por fin recibía lo que necesitaba.

Los juguetes viejos del niño cayeron rodando al contenedor gigante de Goodwill: el conejito de terciopelo con la chaquetita azul celeste que John trajo de uno de sus viajes de trabajo cuando el niño ya era grande para peluches, el arce de peluche de Alberta, con el que el niño estuvo años durmiendo y al que llamó Millie por el libro de *El arce Millie*, nos dejaban ahora junto con ese libro y cincuenta más, pero no había tiempo para llorarlos; el número de objetos que llegaba a la habitación, incluso durante la pandemia, era inmanejable.

Llegó el pequeño pin de un tigre que había pedido, en un envoltorio muy bonito. *No sabía lo mucho que quería un pin*, dijo el niño a los pocos minutos de abrir el paquete. Y esa fue la estrella fulgurante del día.

Me encanta, me dijo cuando lo arropé en la cama.

———

El maestro de kárate vino a casa a entrenar con el niño en el jardín. El maestro dijo que el niño trabajaba duro en las clases online que tenían y esa tarde puso a prueba al niño. Hacía un calor brutal. El niño se mareó después de unas cuantas patadas laterales con giro, así que se acercó a la mesa del jardín para beber un poco de agua. Luego volvió al césped y siguió entrenando. Al verle el paso inestable al andar, le dije que se pusiera a la sombra, debajo del árbol. En ese momento John soltó un resoplido burlón y dijo: *Yo creo que él puede tomar solo la decisión de dónde ponerse.*

El niño siguió ejercitándose duro y el maestro siguió poniéndolo a prueba. Imaginé que la cosa no iba a terminar bien. Luego el niño se llevó la mano a la garganta, hincó las rodillas en el suelo y lo vomitó todo en el césped.

John empezó a abrazarme en la cama con una mano, no un brazo; el hombro había estado doliéndole más de lo normal. Pero estaba intentando ser cariñoso.

John sabía desde hacía una semana que tenía que encargarse de la sesión de *Minecraft* del niño del día siguiente, pero ignoró el jaleo inevitable de interfaces multijugador y tuve que encargarme yo de todo eso.

Me había costado meses, pero por fin terminé de aprovisionarme con un kit de supervivencia que nos duraría tres días en la naturaleza o un mes en la civilización, y había recopilado el papeleo legal necesario para empezar de cero en otro país.

Cuando me disponía a pagar en la farmacia los últimos artículos, me di cuenta de que me había olvidado la cartera. Al volver a la tienda con la tarjeta de crédito, el cajero me enseñó otro montón de cosas tras la caja y me dijo que a otro cliente acababa de pasarle lo mismo.

———

John anunció que Victoria había dejado a Felix. De modo que a eso venían tantas horas al teléfono. Por alguna razón, Victoria iba a venirse a vivir cerca de aquí, donde su hijo estaba en la facultad. Sus hijas, en Calgary con Felix, iban al instituto.

Me tomé un calmante antes de irme a la cama y otro a las seis de la mañana. Tenía el cuerpo agitado. Cada noche que John no me abrazaba en la cama, esperaba no encontrarlo a mi lado por la mañana.

———

Mientras revisaba la novela, anhelaba tener la opinión de un juez imparcial. Pero ¿quién era un lector imparcial? Estaba rodeada de gente que me apoyaba. No podía confiar en ellos. Quería darle el manuscrito a alguien a quien no le gustase, que realmente fuera a criticarlo. Me vino entonces: John.

El día después de un polvo maravilloso conmigo encima, la novena sesión del año, me diagnosticaron una infección de vagina, probablemente por hacer ejercicio con mallas cortas demasiado ceñidas. Llevaba años sin tener una. Dormí con un diente de ajo metido ahí, lo que pareció ayudar.

———

John subió y me dijo que la segunda parte de mi libro era *fantástica*. Me quedé sorprendida. Era la primera vez que utilizaba esa palabra para calificar mi escritura. Se quedó a los pies de la cama, donde yo estaba sentada con el portátil, viendo un episodio de una serie de espías franceses.

Luego me preguntó cuántos minutos me quedaban para terminarlo.

—*Veinticinco todavía. ¿Por qué, quieres que veamos algo juntos?*

John se quedó pensativo.

—Mejor entonces que lo pares. Tenemos que hablar.

Bajé la tapa del portátil.

—¿De qué quieres hablar?

Respiró hondo y entonces las palabras le salieron rodando de la boca como si formaran una única palabra larga.

—Quiero el divorcio.

Lo dijo con una calma muy inquietante. A lo mejor no lo sentía, quizá solo estuviera encarnando a otra persona, a alguien que fuera capaz de decirme eso a mí. El alivio lo rodeaba como un halo de vapor. La verdad había salido a la luz.

—¿Cómo? ¡No! Me niego. ¡Iremos a terapia de pareja!

—No. No pienso ir a ninguna terapia.

Él se embarcó entonces en un pequeño discurso sobre mis *arrebatos de ira*, pero yo había dejado de escucharlo. Ya lo había oído todo antes.

La adrenalina me hirvió por la barriga y la garganta. Empecé a sentir un hormigueo por la cara. La visión periférica se me volvió borrosa y parpadeante. Pensé que iba a ahogarme con la siguiente inhalación.

Luego John hizo una pausa: como un actor.

¿Quieres que llame a una ambulancia?, dijo. *¿Quieres que llame al 911? ¿Quieres ir a un hospital?*

No, dije. ¿A qué venía esa chifladura ahora?

Lo había dicho con una bondad grotescamente falsa, como un dibujo animado que me ofreciera una manzana envenenada.

Esa era la voz real de John. En un visto y no visto, su desdén cobró sentido. Ahí lo tenía todo. Este era su clímax. Él me odiaba. Quería quitarme de en medio en un manicomio y criar al niño con Victoria.

No paré de preguntarle si lo estaba haciendo todo por Victoria y él me lo negó una y otra vez. Me entraron unos temblores tan fuertes que sentí dolor físico. Me tomé un calmante y esperé veinte minutos y me puse otro bajo la lengua y esperé otros veinte minutos y luego me tomé un tercero. No podía parar de temblar.

Solo tenía que superar el siguiente minuto, el siguiente segundo. Me entregué a los calmantes, rogándoles que me borraran todo sentimiento, todo pensamiento. Llamé a mis padres aunque en el estado en el que viven eran las tantas de la noche. *No creo que haga falta que se lo cuentes ahora mismo*, dijo John. Parecía confundido, como si yo estuviera saliéndome del guion.

Les conté a mis padres que John me había pedido el divorcio, y me preguntaron por qué, y yo les dije: *No lo sé.* Como no se me ocurría nada más que decir, colgué. Y entonces miré a John.

Estás intentando que me mate, dije. Bingo. Las lágrimas se me congelaron.

Vi el destello de odio en sus ojos. Se le dibujó una leve sonrisa, y supe entonces que se sentía amenazado. Yo no le había dejado llamar al 911, no había tendido los brazos dócilmente a los auxiliares de la ambulancia para que me pusieran la camisa de fuerza.

Me lo imaginé diciéndole a Victoria: *A esa zorra la meto yo en una ambulancia, sin problema. Se lo soltaré de sopetón y se cagará en las bragas.* Seguramente ya había hecho el borrador del solemne correo que enviaría cuando yo hubiera desaparecido. Informaría a todo el mundo de que yo era una maníaca violenta y de que el niño y él por fin estaban a salvo.

Se quedó ahí de pie, apoyado contra la pared, observándome para ver qué era lo siguiente que hacía. Cambió el peso de pierna. Luego vi que estaba empalmado.

No estaba enfadado. Ni siquiera preocupado. Estaba excitado.

Creí vomitar, pero no. John me preguntó si prefería que se fuera abajo a dormir y le dije que me daba igual, porque era verdad. La traición había sucedido hacía mucho tiempo, hacía mucho tiempo que el matrimonio se había convertido en polvo. Nada había cambiado, solo mi percepción de ello. De pronto me sentí muy cansada. *Duerme aquí mismo,* le dije, y eso hizo.

DESPUÉS DE

John se fue a la mañana siguiente.

Salí al jardín trasero y lancé una concha de la playa contra el muro medianero entre la casa y el colegio de al lado y la conchita se hizo añicos.

Cogí un trozo de cemento que había estado recubierto con celofán brillante y atado a la cinta de un globo de helio. Y lo lancé también y chocó contra el muro y se partió en pedazos.

Cogí del suelo unos ladrillos arrumbados, restos de algún proyecto de reforma de un antiguo inquilino, y los lancé. Luego recogí los trozos de barro cocido del césped.

¿Era dolor por la pérdida? ¿Miedo? ¿Asco? Fuera lo que fuese, iba más allá del lenguaje. Me había hundido en mi ser animal más mudo y ese animal estaba al mando.

El animal me llevó al almacén de materiales de construcción donde le dije al dependiente que quería comprar unos ladrillos. Me preguntó para qué los necesitaba. *Mi marido me ha dejado por otra y necesito tirarlos contra una pared*, le conté.

De vuelta a casa en el coche, los ladrillos fueron repicando como una marimba en el maletero. Me costó tres viajes llevarlos hasta el jardín. Al otro lado del muro jugaban y chillaban los niños del colegio. No podían oír mis llantos.

Por mi lado, el muro encalado tenía marcas rojas de los ladrillos. En cada punto de contacto, una marca. Cada marca, un emblema de la furia de una esposa.

Una esposa es un animal.

El animal quería violencia.

El jardín estaba sembrado de trozos de ladrillo.

Antes de poder escribir, antes incluso de poder hablar —en el principio, tenía la sensación de que hablar en voz alta provocaría una fuerza subrepticia que podía destruirme—, lancé ladrillos. Y así fue como escribí en ese muro el primer documento de mi rabia.

Pegado al muro estaba el huerto lleno de hierbajos de mi marido.

Empecé a meter los libros de John en cajas. Nunca los habíamos mezclado. Yo nunca había querido. Quizá eso había hecho que mi marido dudase de mi compromiso.

En una llamada con su padre, el niño dijo: *¿Puedes hablar con mamá?*, y me trajo el teléfono e intentó escabullirse, pero yo aparté el teléfono y lo miré y sacudí la cabeza. Escuché a su padre al otro lado de la línea.

—*Yo también estoy muy triste, peque.*

—*Entonces ¿por qué lo has hecho?*

—*Creo que al principio va a ser muy duro, pero luego, pronto, muy pronto, va a ser mejor para los tres. Quiero verte en cuanto pueda y quiero pasar todo el tiempo posible contigo. ¿Tienes más preguntas?*

—*No, la verdad es que no.*

Me tomé un calmante antes de que amaneciera. Para después de comer, seguía con algunos temblores, pero fui capaz de comer y de hacer recados. Oleadas de duelo, o de lo que fuera, me barrían el cuerpo como una corriente eléctrica.

El niño y yo hablamos del daño que había sufrido nuestra familia, como una secuoya que ha ardido en un incendio. De cómo un árbol puede sufrir daño pero seguir viviendo.

Las mañanas eran lo peor. Lo único que sentía era miedo. Tomé calmantes y cuidé del niño, de mí y de la gata nostálgica y vomitona. Era una suerte que ya supiera hacerlo yo todo sola.

Eben vino con cajas y cinta de embalar. No quedaría nada de John ni en el salón ni en la cocina ni en el comedor, nada arriba fuera del vestidor, nada en los cuartos de baño. Lo llevé todo al garaje.

Cogí uno de los queridos cuencos de cerámica de John, lo sujeté a la altura de los ojos un momento y luego lo dejé caer. Se partió en añicos contra el suelo y luego barrí los pedazos. Yo también podía destruir cosas.

Busqué a una mediadora de divorcios. John accedió a quedar con ella.

Eso está muy bien, dijo Eben. *Está empezando a comprender lo que ha hecho.*

Una no piensa en la vida potencial después del matrimonio a no ser que ya haya destruido algo esencial en él. Una vez que piensas en esos términos, has creado la posibilidad de que termine. Cerca del final, yo había empezado a imaginar esa nueva vida. Pensé que sería como pasar página. Pero entonces John se fue y me vi en un tiempo inconcebido.

Me sentía fuerte, hasta que de pronto una ola me golpeaba el cuerpo, y me tenía que sentar y padecerla hasta que pasara. Era como un parto. Chupaba caramelos de jengibre. Estaba gestando el futuro.

Al día siguiente me llevé al niño a jugar con los hijos de Eben, una rareza en pandemia. Mi amigo me dio un abrazo, cada uno apuntando la cara hacia un lado distinto. Cuánto amor. Se me saltaron las lágrimas. Nos dio de comer almendras y manzana cortada.

En el tercer día de nuestra familia rota sentí que me reflotaba el amor, mucho más del que había tenido en mi matrimonio.

El pediatra de guardia nos recomendó dos cremas y un anti-histamínico para la picadura de abeja del niño. Teníamos las tres cosas en el botiquín. Otra cosa que John jamás habría hecho él solo.

La madre de Marni —¡su madre!— me llamó y me dijo que cuando se enteró de que John se había ido pero que no había nadie más involucrado, al instante se dijo: *Mentira podrida*. Dijo que seguro que había otra. Luego dijo que engañar era *una forma de maltrato de una crueldad pasmosa*.

Durante la primera sesión de mediación, John empezó fuerte cuando anunció que había tenido que divorciarse para resca-tar al niño de mi inestabilidad emocional. *Me inventé muchas... estratagemas para que Jane las utilizase cuando se enfadaba*, dijo, *pero nada funcionaba*.

Mira que le di estratagemas, insistió momentos después, con la esperanza de que la palabra sonara menos estúpida y más de-liberada si la repetía.

Qué cosa más antigua, me dijo Hannah cuando se lo conté.

Luego recordé la historia del gran poeta cuyas dos esposas, ambas grandes literatas por derecho propio, acabaron suici-dándose.

En la facultad nos habían contado que el gran poeta se había visto con la carga de dos mujeres locas y suicidas que le habían dejado varios niños a su cargo. Hasta que no murió el gran poeta, el mundo no supo que él se había negado rotundamente a que sus biógrafos leyeran los diarios de sus mujeres, que básicamente lo describían como un monstruo maltratador.

Lo más difícil no es infligir el maltrato. Lo más importante es controlar la narrativa.

Según el registro de llamadas, el día de nuestra primera sesión de mediación, John habló con Victoria dos horas antes y dos horas después.

El niño preguntó: *¿Tú crees que llegaremos a acostumbrarnos?*

Yo también me hacía esa pregunta cuando eras un bebé chiquito, pero antes de que me acostumbrara, te hiciste un poco más grande, y luego ya andabas, y me pregunté lo mismo otra vez, y luego comprendí que seguiría adaptándome a la persona en la que ibas convirtiéndote y que no debía nunca acostumbrarme a nada, le contesté.

Si yo no hubiera nacido, me preguntó después, *¿papá se habría ido igualmente?*

Al sexto día me pidió que durmiera con él en su cama, y eso hice.

Me tomé medio calmante antes de ducharme. Nada de café. Se acabó el café, para siempre.

¿Habría algún grupo de apoyo para niños desconsolados? Sin saber nada del tema, decidí montar uno.

Quizá le dejé demasiado claro a John que ya no lo necesitaba, si es que alguna vez realmente lo necesité.

Quizá su verdadera historia de amor había sido con mi dependencia económica de él, hasta que se la arrebaté.

La gata estaba desconsolada y todo el día encima de mí.

Abrí el portátil de John —un ordenador compartido en el que veíamos películas en la cama— y leí los últimos tres meses de intercambio de mensajes con Victoria. Los anteriores estaban todos borrados. Estaban mirando casas juntos, comparando solvencia bancaria, hablando de hipotecas, mientras remitían constantemente a una hoja de cálculo que no encontré adjunta en el chat. Llevaban meses planeándolo, si no años. Hice captura de pantalla de todo.

La seguridad fría y serena de John me había hecho estremecer, aquella noche antes de irse. Pensé que se había vuelto un sociópata, pero no se había vuelto nada. Algo sí había cambiado, no obstante, pero no era él: era yo. Por fin yo fui capaz de ver que él era capaz de engaño.

Caminé tres kilómetros, bebí agua con gas con mucha ansia y me sentó fatal. Se acabó el agua con gas.

Hice con el niño una lista de las cosas que era él. Niño. Californiano. Practicante de artes marciales. *Alguien cuyos padres están separándose* era un descriptor entre otros treinta más. Luego le pregunté: *¿Sabes qué es esto? Es* CONTEXTO. Se quedó mirando la lista. Ocupaba una página entera.

Ningún médico había sabido decir por qué se me caía el pelo o por qué no podía digerir nada mínimamente elaborado. Yo por entonces aún no lo sabía, pero mi cuerpo sí.

Cuando le dije a John que había leído sus mensajes, me preguntó: *¿Y has leído mi diario de casado? Eso te ayudaría a tener una idea más clara de lo que le pasaba a nuestro matrimonio.*

Al parecer, había estado recolectando datos para crear una tapadera para su infidelidad. Todas las cosas que yo había hecho mal, eso era lo que había provocado el engaño. Ni busqué ni encontré tal documento.

Como un buen director de recursos humanos de una gran empresa, John me había puesto en periodo de prueba sin yo saberlo, recabando motivos para que, cuando por fin se deshiciera de mí sin previo aviso, tener en su mano documentación para refrendar mi despido. Habría sido un buen chiste si no fuese verdad.

En nuestra segunda sesión de mediación, en un intento por adelantarse a que yo anunciara lo de su aventura, John admitió haberse liado con Victoria en febrero. Se habían enrollado una sola vez y no habían vuelto a tocarse hasta que nos separamos, y ese era el relato de los hechos de John.

Cuando se lo conté a Marni, me dijo: *Eso es que se la ha follado por lo menos quince veces.*

Al octavo día John me llamó trece veces y me mandó un mensaje: *¿Qué estás diciéndole al niño? Necesito saber qué le estás di-*

ciendo exactamente. Y si no piensas coger el teléfono, me tienes que escribir para decírmelo.

Luego me llamó ocho veces más. No se lo cogí.

La gente había empezado a decir *Lo superarás* a los pocos días de irse John, pero lo que yo necesitaba antes que nada era que me lanzaran a una enorme balsa de agua con todos los posibles finales, incluso ese con mi cadáver flotando bocabajo. Necesitaba que se reconociera mi sufrimiento. Después de eso, ya veríamos si me pensaba lo de superarlo.

En su llamada diaria de antes de dormir, John acribilló al niño a preguntas:

—*¿Has hecho algo divertido hoy?*

—*Hemos ido a la playa.*

—*¿Habéis comido tacos?*

—*No, llevamos un pícnic.*

—*¿Qué habéis cenado?*

—*Albóndigas.*

—*¿Habéis limpiado hoy la casa?*

—*Sí.*

—*¿Estás jugando a las damas con la gata?*

—Estoy jugando a las damas con mamá.

Al noveno día John vino a recoger algunas cosas suyas. Nos sentamos los tres en el sofá. Le dijo al niño que no estábamos enfadados el uno con el otro y que nos íbamos a llevar bien porque valorábamos nuestra familia, pese a que ahora tuviese una forma distinta a la de antes.

Yo no quería hablar de nada. Ponía toda mi energía en cuidar del niño y de mí. Si empezaba a sentir lo más mínimo, me vendría abajo. Todo aquel que quisiera alimentarse de mi tragedia, succionar el tuétano de los detalles, quedaba vetado.

Ahora tomaba bocados más pequeños y masticaba con más cuidado, a falta de alguien en casa que pudiera hacerme la maniobra de Heimlich si me atragantaba.

Vinieron seis hombres a meter el resto de las cosas de John en cajas.

Diez años antes, cuando la madre de John me dijo, entre inhalaciones de oxígeno, que sus padres habían querido impedir que se casara con el padre de John, en realidad había intentado decirme que me arrepentiría de casarme con su hijo. Yo no le hice caso. Creía que estaba contándome una anécdota para pasar el tiempo. Pero una mujer en su lecho de muerte no cuenta anécdotas porque sí. Intenta adelantarse a los problemas que surgirán cuando ella ya no esté allí para resolverlos.

Tal y como él mismo admitió, John se había acostado con Victoria dos días antes de haber propiciado él el sexo conmigo por primera vez en una eternidad de tiempo. Esa noche me había follado tan bestia que se desolló las rodillas con la moqueta y manchó de sangre las sábanas. Había estado follando con Victoria a miles de kilómetros de distancia.

Cuando me follaba desde atrás, siempre me apoyaba los codos en la lumbar, y cada vez que me lo hacía, yo le decía que me dolía, y, en cada ocasión, incluida aquella, él volvía a ponerme los codos en la espalda en cuanto se perdía de nuevo en su euforia particular.

Al décimo día me llamó la mediadora y me preguntó cómo me encontraba. Estaba cocinando, apagué los fuegos. Me dijo que John acababa de escribirle este mensaje: *¿Te ha contado Jane lo de su internamiento voluntario y la medicación para el trastorno bipolar?*

Le conté que había estado ingresada en una ocasión, hacía más de veinte años, y que lo que tomaba eran antidepresivos. No le hablé de los estabilizadores del ánimo. Dijo que le había preguntado a John si él creía que yo era negligente como madre. Luego se rio. Él se había retractado al medio segundo.

Después me preguntó si yo quería que John se disculpara. *No*, le dije, *porque un mentiroso no tiene palabra*. No volvió a preguntarme.

Mi madre me habló de todos los maridos de matrimonios longevos que conocía: unos jugaban, otros estaban endeudados y, en la mayoría de los casos, o trabajaban demasiadas horas o se iban de viaje sin dar explicaciones o dormían en cuartos separados.

A diario yo tenía que escribirlo todo otra vez para poder ver el conjunto en un mismo sitio, por mucho que no llegara a calar. Seguía teniendo que decir las mismas cosas una y otra vez. La historia salía en añicos. Sonaba distinta cada vez.

Estuve con mi marido catorce años. Luego, dos semanas antes del día de Acción de Gracias del año de la pandemia, nos dejó y se fue a vivir con su amante, quien acababa de dejar a su marido y a sus hijas, y se había mudado a 2500 kilómetros de distancia para estar con mi marido. Nuestro hijo tenía ocho años.

Llamé a Felix a Calgary. *Me extrañaba que no me hubieras llamado todavía*, me dijo.

Al parecer John había estado años obsequiando a Victoria y a él con historias de mi *inestabilidad*, la misma palabra que él había utilizado para describir el problema de Naomi catorce años antes, cuando nos conocimos. Que yo había estado *internada* y que iba de cabeza a otra temporada larga en un hospital psiquiátrico. Le escuché y tomé notas hasta acabar llorando.

Al undécimo día le escribí a John:

¿Estás acostándote con Victoria? Me he dado cuenta de que necesito que me lo digas para poder pasar página y sanar. Vi en tu portátil que estabais mirando casas juntos. Eso pronto habrá que comunicarlo en la mediación, por cuestiones económicas.

A los pocos minutos añadí:

Perdona si ha sonado hostil, no era mi intención. Solo necesito saber que ahora tienes otra relación para cerrar esta etapa.

John respondió a los pocos minutos.

Me dijo que se había quedado en casa de Victoria solo unos días, hasta que había podido alojarse en casa de otros amigos, adonde la había invitado a cenar en dos ocasiones. *Invitado a cenar*, como si fuera un noviazgo formal.

Estaban buscando casa juntos porque *una relación es una posibilidad futura.* Era una posibilidad futura, como un terremoto, algo imprevisible.

Si decidían irse a vivir juntos, prometía decírmelo *antes de que ocurra*, con lo que eliminaba su poder de actuación sobre el asunto. Podía sin más… ocurrir. La gramática de la inocencia absoluta.

Empecé a sentir un hormigueo por el pecho. Le respondí al instante:

John, ¿tuviste relaciones sexuales con Victoria antes del día que te fuiste de casa? S/N.

Me contestó que yo había rechazado en repetidas ocasiones sus intentos de hablar sobre su malestar en nuestra relación. El cambio de papeles me pareció estrambótico.

Luego dijo: *En consecuencia, se abrió un espacio para que entrara otra persona.* Como un sumidero. Un acto de Dios. No el escondrijo de un traidor muy artero.

Para entonces la adrenalina me bullía por dentro. Respondí como un ratón de laboratorio que pulsara el único botón que había:

Te repito: John, ¿tuviste relaciones sexuales con Victoria con anterioridad al día que te fuiste? S/N

Contestó al momento:

Es muy importante que te centres en nuestra relación. Victoria no tiene nada que ver.

Una rabia muda me inundó por dentro y empecé a temblar.

Repito: John, ¿tuviste relaciones sexuales con Victoria con anterioridad al día que te fuiste? Recuerda, también puedes decir que no. Es una pregunta muy simple de sí o no. No debería costarte tanto. Y en cuanto digas sí o no, te doy mi palabra de que paro de preguntar.

Esa vez John respondió con profusión. No sé cómo, el problema pasó de ser su infidelidad a que yo le hiciera la misma pregunta *cinco veces por lo menos*. Estaba muy preocupado y me preguntaba cómo iba él a creerse que yo no iba a seguir hostigándole con lo mismo *hasta el fin de los días*.

Dijo que estaba harto de responder a la misma pregunta una y otra vez, y en una muestra de gran magnanimidad y empatía, apuntó que nuestra discusión no parecía estar ayudándome ni a mí, ni a él ni —el entrecomillado es mío— «al niño».

Una vez más, añadió, su principal preocupación continuaba siendo que nuestro hijo siguiera estando lo más sano, seguro y feliz posible, lo que era extraño, si teníamos en cuenta que había avisado al niño de que se iba con solo un cuarto de hora de antelación.

Respondí:

Di solamente sí o no. Es lo único que te pido, y todavía no me lo has dado. En serio, solo S/N y se acaba. No habrá ninguna confrontación y seguiremos haciendo lo mejor por el niño, como ya estamos haciendo.

Si no sé tu respuesta de aquí a que recoja hoy al niño, equivaldrá a un sí, de «Sí, tuve relaciones sexuales con Victoria con anterioridad al día que me fui». Luego hablamos.

John eludió por completo la pregunta, una vez que había introducido suficientes temas paralelos como para escribir un pequeño libro, y se refirió en cambio a mi *extravagante actitud* de seguir haciendo una pregunta que él se negaba a responder.

Dijo que no le apetecía seguir respondiendo a la misma pregunta. A pesar de que no la había respondido ni una vez.

Supe que había perdido la batalla, pero aun así le contesté:

No recuerdo ninguna de tus respuestas anteriores a mi pregunta porque han sido igual de evasivas que la que acabas de escribir. Por eso te estoy dando la oportunidad de darme una respuesta clara ahora: S o N. Parece que te quedan noventa minutos.

John escribió que si yo no recordaba su *constante y honesta respuesta*, le preocupaba seriamente que la mediación no fuera a funcionar. ¿No habría desarrollado yo un problema de memoria serio a raíz del estrés de las últimas semanas?

Respondí, como una buena alumna:

Lo siento, no me acuerdo. ¿Qué habías dicho?

Respondió, *sorprendido y consternado* de que yo no recordara la respuesta a una pregunta a la que había respondido en múltiples ocasiones, como si la hubiera respondido en algún momento. ¿A quién se le ocurría preguntar lo mismo más de una vez? ¿Es que ni siquiera *confiaba* en él?

A John no le apetecía volver a responder la pregunta. Dijo que yo, evidentemente, tenía razones ocultas para volver a preguntárselo y que estaba claro que era yo quien no era de fiar.

Es posible que, mientras John escribía todo esto, Victoria estuviese al lado suyo, dándole instrucciones, poniéndose húmeda.

Salí al jardín para calmarme al sol, vibrando por dentro con una vergüenza tan profunda que parecía sexual. Cogí un ladrillo y lo estrellé contra el muro. Luego cogí unos trozos de mármol que John había comprado hacía años para no sé qué proyecto y los lancé contra el muro hasta que se convirtieron en grava. Entré y cogí una bolsa y recogí los pedazos y los metí en el contenedor del callejón.

Él se creía capaz de sorberme el seso para que yo olvidara cosas que recordaba. Creía que podía quedarse ahí parado, con su polla inútil todavía goteando, y abrir la boca y convencerme de que él no había hecho nada.

A lo mejor Victoria se sentía una heroína feminista, enfundándose su armadura y sacudiéndose el manto del patriarcado y viviendo su vida sola.

Viviendo su vida sola, aplastando su bota en la cara de otra mujer, de otra madre, y quitándole en secreto a esa madre el poder de decisión sobre su propia vida. Mientras ella y John encargaban tan ricamente una batería de cocina carísima con la misma cuenta que yo usaba para comprar la comida del gato y mascarillas N95, yo había seguido siendo la dócil mujercita de todo ese montaje inmundo.

La media docena de veces que John nos había reunido en sociedad, Victoria me había parecido una adolescente incómoda en su propia piel. A John debía de haberle resultado fácil atraerla.

Le enseñé a Eben el hilo de mensajes. Cuando levantó la vista, dijo: *Lo primero que me viene a la cabeza es que a John se le da fatal lo de hacer luz de gas.*

Entonces ¿para qué miente cuando es tan descarado que miente?

Porque cree que le funciona, respondió Eben despacio.

Esa noche Felix me contó que, tres días después de que John me dejara, Victoria les había dicho a sus hijos: *Tenéis que lle-*

gar a aceptar a John porque va a ocupar un lugar importante en vuestra vida.

La mediadora me llamó y me dijo que John no iba a admitir nunca el engaño, así que mejor que yo dejara de presionarlo.

Luego me dijo que, si me había mentido a mí, le mentiría al niño, y que el niño ya se daría cuenta él solo de quién era su padre.

Añadió: *Recuerda que nada de lo que él diga importa.*

En el decimocuarto día, recordé vagamente lo que le había dicho a John cuando me anunció que se iba. *Te compadezco,* dije. *No tienes ninguna de las destrezas necesarias para tener una verdadera relación.*

Todas las mañanas empezaba el día con un calmante y una cagada acre y enjundiosa de resaca.

El psicólogo del colegio encontró a un joven trabajador social que necesitaba formar un grupo de apoyo como parte de sus prácticas. El niño podría hablar sobre el divorcio con unos cuantos niños del mismo curso, por internet. El grupo se llamaría Cambios Familiares.

Esa noche a John se le olvidó llamar a su hijo. Le pregunté al niño si quería llamar él a su padre, y después de reflexionar me dijo: *Quiero que sea él quien decida.* John llamó cuarenta minutos tarde. Dijo que había estado rellenando un formulario y había perdido la noción del tiempo.

Me tomé un vino y puse la lavadora y contesté a unos correos e hice crucigramas y limpié la nevera y conseguí acceder a la tarjeta de crédito de John y establecer qué día Victoria y él habían pagado una habitación de hotel, habían pedido sushi y habían follado.

Había sido en agosto, tres meses antes de que él se fuera de casa.

Aquel día John me había dicho que Victoria había venido por trabajo y que estaba quedándose en un hotel muy cerca de casa, y que quería cenar con ella en la habitación de su hotel, para no exponerse a multitudes por el covid. Ni por esas sospeché nada.

Aquella noche había vuelto a casa con las mejillas muy sonrojadas. Habían bebido vino barato, me dijo, posiblemente el vino tenía muchos taninos y le había subido los colores. Pero lo rodeaba una nube húmeda de alivio. A mí me alegró que él hubiera podido ver a una amiga después de tantos meses de confinamiento.

No me dormía, de toda la adrenalina que me recorría el cuerpo. Me levanté a las cinco. A las seis me tomé un calmante. Seguía sin dormir, pero por lo menos a eso de las siete había dejado de temblar.

Metí la cinturilla de todos los pantalones de pijama del niño, que de repente le quedaban grandes. Preparé preguntas sobre cuestiones económicas para la sesión de mediación del día siguiente. Miré anuncios de pisos y casas de alquiler. Caminé cinco kilómetros.

No habían pasado ni tres semanas.

Mi sueño de tener un matrimonio longevo, adiós.

Ni siquiera habíamos llegado a los quince años.

Años y años de desprecio, adiós.

Nunca más tendría que disimular mi vergüenza.

Nunca más tendría que encarnar a una esposa.

No paraba de pensar en la confesión que me había hecho Eve en su lecho de muerte.

Todavía sentía el callo en el dedo anular.

Había adorado la idea de un matrimonio longevo, como una herencia familiar, fea pero importante. Había creído que estaríamos siempre juntos. Había creído que John me abrazaría en mi lecho de muerte y diría: *Mi Chuchú bonita... Chuchú bonita...* como había hecho mientras daba a luz a nuestro hijo.

Volví a poner por escrito la historia: *Estaba orgullosa de nuestra familia y del trabajo de John, así que cuando él se tiraba todas las noches jugando a la consola, pasaba los fines de semana pintando o hacía* bodysurfing *mar adentro mientras el niño y yo lo esperábamos, temblando de frío, en la playa, yo no replicaba. Hacía malabarismos y minimizaba al máximo mis necesidades porque simplemente me creía más capaz que él. Daba por hecho que eso me hacía valiosa.*

Cagué tres veces antes de desayunar y me tomé dos calmantes antes de la sesión de mediación. John dijo que no se le podía culpar a él del divorcio, que yo no le había dejado más remedio. Me describió como una persona demasiado volátil e insegura para frecuentar al niño.

Escribí la palabra MENTIROSO en una nota adhesiva y la pegué a la pantalla del ordenador. Tapó la cara de John.

Me solivianté, grité, lloré. Sentía cómo, en la pantalla del ordenador, iba mermando la estima que la mediadora y la abogada tenían por mí con cada una de mis sílabas roncas y sollozantes. Una me interrumpió. Estaba reprendiéndome. No recuerdo lo que me dijo después. Ni lo que dije yo.

Luego lloré mientras el gato me besaba la boca y los ojos.

———

Una mujer vive catorce años en una misma casa. Entra con su viejo coche por el camino, traqueteando sobre el asfalto levantado por las raíces. La puerta del garaje se sube a trompicones por las guías, lo justo para que el coche pase por debajo.

Casi podría estar dormida, así de familiar es esta rutina de última hora del día. Hay días que tuerce el gesto al ver algo de basura que ha acabado en su césped. Hay días que los bajos del coche rozan con la acera levantada por las raíces del árbol. Pronto habrá que rellenar esas grietas.

Luego un viernes de noviembre regresa al hogar y, en lugar de la casa, hay solo un solar, con un césped que llega a las rodillas, una alambrada y carteles desvaídos que advierten contra el allanamiento de morada. Pulsa el botón de la puerta del garaje y no pasa nada porque no hay ni garaje, ni camino ni edificio. Casi todos sus conocidos le dicen que es una cosa extremadamente común, que muchas casas desaparecen así, y que debería pasar página y ya está, dejar de hablar de ella y buscarse una nueva.

Al fin y al cabo es en parte culpa suya, por escoger una de esas casas que desaparecen. Debería haberlo sabido; al fin y al cabo llevaba viviendo allí catorce años.

———

Años antes de que Hannah descubriera hasta qué punto la había engañado su primer marido, habían ido los dos a hacer una ruta de senderismo por Maine y habían llegado a una cima. Mi amiga había sentido el impulso imperioso de tirar a su marido monte abajo. Nadie la habría visto. Estuvo años pensando que aquello había sido un cortocircuito neuronal, un flash errado. Pero ella había sabido, en lo más hondo de su cuerpo, que él se había convertido en su enemigo.

Volví a probarle pantalones al niño. John estaba allí. Tenía las cejas greñudas desde que no se las recortaba yo. Comentó que él había perdido tres kilos. *Mis rutinas de vientre han cambiado radicalmente*, añadió. No contesté a eso.

Un amigo del niño le preguntó qué iba a hacer en Navidad. *Voy a celebrar la Navidad con mi padre y Janucá con mi madre,* dijo el niño. —*Uau, ¿y cuando estaban juntos también celebrabas las dos?* —*Ya no están juntos,* empezó a decir el niño, como si estuviera probando a ver cómo sonaba, dicho en alto, en su propia voz.

La depresión cayó sobre mí desde la capa de nubes que cubría el cielo. Agotada, me bebí el primer café en casi un mes.

En una videollamada con el niño, John le dijo que estaba planeando un viaje para los dos. *¿Un viaje? Ojalá mamá pudiera venir,* dijo el niño. *Por desear no pasa nada,* dijo John rezumando amor propio. *Espero que mamá no te haya oído,* contestó el niño.

El día de Año Nuevo me llevé al niño a la playa. Hicimos montañas de arena y un muñeco con zanahoria por nariz y bellotas por ojos. Luego lo pateamos y lo pisoteamos hasta la muerte.

Marni dijo que lo que me había hecho John no era tan malo ni por asomo como lo que le había hecho su cuñado a su hermana. Le había dado una paliza. Él había pasado la noche en el calabozo. Pero lo que John había hecho no era un crimen pasional. Era metódico.

Las lágrimas acechaban. El día duraba cien millones de años.

Las consecuencias de la traición de John reverberarían durante generaciones, pensé. Por fin había conseguido dejar una huella en el mundo: como maestro farsante.

Luego fui al baño y me quedé de pie ante el espejo y recordé que yo era una madre, una persona capaz de apartar un camión de encima de su hijo con sus propias manos.

Cantidad de libros y películas para niños retratan a una familia que se muda porque el padre decide volver a su pueblo natal o explorar otra ciudad o mudarse a una vieja casa ruinosa en medio del campo. La madre delega en el marido. No se emplean las palabras «coacción» y «no consensuado».

El hombre no le debe explicaciones a nadie. El resto de la familia se pregunta para sus adentros por qué ha puesto su vida patas arriba. Cuando los niños se quejan, se los reprende. La madre parece angustiada, pero nunca le planta cara al marido. Si los niños están presentes, ella sonríe e intenta disimular sus sentimientos.

Con este telón de fondo, los niños empiezan una aventura sobrenatural, el padre encuentra su hueco en la nueva población y la madre se funde con el fondo.

John me había arrastrado a miles de kilómetros, de una punta a otra del país, igual que su padre había arrastrado a su madre de Arizona a Alberta. John me dejó cuando nuestro hijo tenía ocho años, la misma edad que él tenía cuando su padre dejó a su madre.

Deseé que el niño no le hiciera eso a su mujer.

Luego me pregunté si a la madre de John se le había pasado eso mismo por la cabeza.

Me convertí en un remolcador que iba tirando de una bochornosa gabarra de tristeza sucia. Mi hijo estaba en la cubierta, asustado y desamparado. El aliento me olía a tumba. No era humana, estaba aniquilada.

Al poco de casarnos, John había dicho que debíamos tomar nuestras decisiones vitales matemáticamente, asignando un valor numérico a cada categoría. Su carrera artística y su trabajo diario obtendrían un cinco. Los míos obtendrían un tres porque mi carrera estaba más avanzada que la suya y porque yo ganaba menos con mi trabajo por cuenta ajena. Cuando le sugerí que tomáramos juntos esas decisiones, John no dijo nada y ahí acabó la conversación.

Por entonces yo creía que John trabajaba diez horas al día. Cuando nos separamos, de pronto él estaba disponible para ir a recoger al niño al colegio, hacer todos los recados y tareas de su casa nueva que antes, cuando vivíamos juntos, él nunca tenía tiempo para hacer. Sorpresa.

Yo seguía intentando explicarme cómo me había convertido en esa persona, en esa esposa abandonada, cuando de entrada ni siquiera había querido ser la esposa de nadie.

Escribí en mi cuaderno: *Por favor, que haya una lección al final de todo esto.*

———————

El término «campo de distorsión de la realidad» se utilizaba en una conocida serie de ciencia ficción para describir la forma en que algunas especies alienígenas creaban un mundo alternativo solamente con el poder de su mente.

Dos décadas más tarde, el término se empleaba para describir la misteriosa energía de un empresario tecnológico muy carismático. Era famoso por ser capaz de incitar a sus ingenieros a construir cosas que se creían lógicamente imposibles. El encanto del tecnócrata era también una especie de magia negra que hacía que fuera igual de diestro robando el mérito de ideas ajenas. La gente quería creerlo.

Financiar y lanzar una empresa es una estafa a largo plazo que no dista mucho de la mentira. La única forma de atraer a los inversores de capital riesgo es convencerlos de que es imposible que tu empresa fracase. Sin nada de experiencia en el mundo de los negocios, John llegó a recaudar un millón de dólares para su primera empresa. Para su segunda empresa recaudó diez millones más. Contrató y empleó a más de cien personas.

Cada cierto tiempo me enseñaba la calculadora de su móvil con la cifra de lo que estaría ganando dentro de un año, dentro de cinco, así como el primer año una vez que el producto se comercializara. Las cifras —con muchísimos ceros— me daban la risa floja.

Ver más allá del campo de distorsión de la realidad exige algo que va más allá de la inteligencia. Cuando le preguntaron a otro multimillonario de las tecnológicas por qué nunca se había aliado con el primero, respondió que era inmune al poder del primero, pero que sin esa inmunidad tan inusitada se habría dejado atraer por él igual que el resto del mundo.

Yo había vivido catorce años dentro del campo de distorsión de la realidad de John. Lo había seguido allá donde él había ido, anclada a su sueño de hacerse rico.

Cuando se mudó, John se llevó el robot de cocina y la olla de hierro colado cara y me dejó a mí las viejas tablas de cortar, que tenían los bordes punteados de moho tras años de apoyarse en encimeras mojadas. Una o dos semanas después, me trajo tres tablas de cortar nuevas. Yo no se las había pedido ni habíamos hablado del tema. Me pregunté si las tablas de cortar eran una disculpa.

Luego comprendí que, dentro del campo de distorsión de la realidad de John, las disculpas no eran necesarias. Se llevaba estupendamente con su exmujer. Él no había hecho nada malo. De hecho, si veía algo en una tienda que creía que podía gustarle, se lo compraba sin preguntarle a ella. Las tablas de cortar eran un emblema de su inocencia.

El garaje, su estudio, estaba lleno de basura. Alargaderas, corcho blanco, contrachapado, sus herramientas, las de su padre, cajas y cajas de a saber qué, con pegatinas de embalar de hacía tres mudanzas, con mi nombre en todas las pegatinas porque era yo la que lidiaba con la empresa de mudanzas y con todo lo demás.

Y esos pisos y casas con garajes gigantes eran caros, lo que a las pocas semanas de aterrizar en nuestro nuevo hogar le daba a John un buen pretexto para castigarme por no ganar suficiente dinero.

John estuvo años quejándose de que me quedaba dormida muy temprano y de que no follábamos por culpa de mis medicamentos psiquiátricos, pero yo siempre me levantaba la primera, hacía el café, preparaba al niño para el colegio, le hacía el almuerzo, le daba de comer a la gata y así todo. Él creía haberme convencido de que era culpa mía necesitar dormir y de que esa era la razón por la que ya no nos acostábamos.

Una noche me desperté con la sensación de que me hubieran metido un empujón fuerte. Cuando abrí los ojos, John estaba ya volviendo la vista al móvil, como si empujarme fuera algo tan neutral y corriente como rascarse cuando te pica.

Él se acostaba tarde. A veces veía porno en el portátil y se pajeaba en el cuarto de baño. En esas noches dejaba una marca marrón en la parte de atrás del asiento del váter.

Pero quizá no era porno. A lo mejor solo era Victoria.

Felix sospechaba que la aventura había empezado dos años atrás, la primera vez que John les había dicho que tenía que separarse de mí porque estaba siempre cabreada. Me contó también que John nunca había concretado por qué yo estaba tan cabreada. Que pudiera estar cabreada por algo en concreto habría estropeado su alegato.

Marni dijo que nunca se había fiado de John. *Ese silencio que lo rodeaba, esa frialdad era agresiva y te hacía sentirte inferior. No me gustaba que todo girara en torno a él, todo el tiempo. No tenía ningún sentido.*

Yo creía que, de un modo u otro, mi matrimonio mejoraría solo con que yo fuera capaz de mejorar. Si conseguía mejorar lo suficiente, los efluvios de mi mejora formarían una nube medicinal que rodearía a mi marido y lo haría mejor.

John era un peatón imprudente de lo más incorregible. Puede que creyera que su apostura lo mantendría a salvo. Cada vez que se alejaba de mí en la calle y cruzaba de acera, me sentaba como una bofetada, aunque yo me decía que solo era muy olvidadizo. Cada vez que le decía que tenía que andar como si estuviésemos juntos, me contestaba que era cosa mía seguirle el ritmo.

Recordaba el orgullo que él había sentido cuando Marni se quedó en nuestra casa después de que su marido le fuera infiel. A John debió de ponérsele dura con el dolor de ella, con el subidón por su disfraz. A cada bondad pública, podía hacerme cosas peores a mí en privado.

Llevábamos ya años sin coger al niño de la mano por la calle, desde que era muy pequeño, pero en el último par de meses antes de irse John, cuando íbamos andando por la playa o el parque, le había cogido la mano al niño tierna y desesperadamente, como si estuviera preparándose para irse a la guerra. Yo lo achaqué al estrés de la pandemia.

Asé zanahorias, jugué al ajedrez, salí de paseo, vi una película e hice poliedros de papel con el niño. Él hizo un dibujo de un dragón uniendo setecientos puntos. La cocina estaba limpia. Todo estaba limpio.

Hice tortitas esponjosas con fresas frescas pero sentía que había un mar de lágrimas a las compuertas. Cuando pensaba en los siguientes nueve años y medio hasta que el niño fuera mayor de edad, se me hacía un mundo. Todas las vacaciones que tendría que planear y a las que ir en coche, solos los dos, muy triste. Pero luego me recordaba que cada día era el único día y me aferraba a él y tiraba para delante con los dientes apretados.

John entró como una exhalación en la casa para recoger al niño, llegaba un cuarto de hora tarde, no dijo nada, y cogió las tijeras de la cocina sin pedirme permiso, y me cabreé tanto que lo insulté. Cuando se fue con el niño, lancé ladrillos contra el muro y salí a correr.

Dos días después, cuando fui a recoger al niño, vi que la casa de John estaba ordenada y muy limpia. Se había construido un zapatero nuevo, lo había lijado y lo había pintado de blanco.

Cuando metí al niño en la cama, me dijo: *Papá me ha dicho que planeasteis el divorcio juntos. Me ha contado que estuvisteis dos meses planeándolo.*

Le dije al niño que eso no era verdad. El niño me escuchó y luego me dijo: *No creo que sea mentira cuando papá dice que el divorcio es lo mejor para nuestra familia porque lo que pasa es que él se lo cree.*

En mediación, John y yo decidimos que nos turnaríamos para hacer la fiesta de cumpleaños, cada uno un año. Ese año no habría fiesta por la pandemia. John propuso ir él a mi casa para que cenásemos los tres juntos. Si lograba hacer que pareciera que yo no lo despreciaba, él quedaría como un buen tipo. *No, no va a poder ser*, dije.

Marni me llamó, estaba de viaje, pasando unos días fuera mientras el juzgado le notificaba a su marido la demanda de divorcio. *Me ha dicho que tenía que decirle adónde iba, pero ¿en serio?* Sonaba igual que yo cuando todavía creía que tenía que ceder a las demandas de John.

Por la tarde, tras su sesión de terapia, el niño comentó: *Creo que voy a volver a escribir en el diario… Qué buena idea*, le dije yo. *Hay que echarlo en algún sitio.*

Mi pequeño oso penoso.

Imprimí el listado de operaciones de las tres tarjetas de crédito de John y subrayé todas las compras susceptibles de tener relación con su aventura. Encontré varias cenas sospechosas, pero Polyglot había pagado todos los vuelos y los hoteles a Calgary y también pudo haber utilizado dinero en metálico para un montón de cosas.

El niño me preguntó qué había sido lo más difícil del divorcio y yo le dije que ver que su padre mentía sin consecuencias. *Para mí también, pero de las consecuencias no se ha librado*, dijo él.

Cada vez que volvía de casa de John, el niño venía con picaduras de bichos. Le pedí que fumigara los cuartos. Me escribió un mensaje contándome la de lavadoras que estaba poniendo y las veces que estaba pasando la aspiradora, esperando que yo lo felicitara por ello.

Anoté y cribé un año de registro de llamadas y mensajes. Repasé todas las conversaciones de las que había sacado capturas de pantalla y encontré cincuenta capturas con pruebas irrefutables de la aventura. Me llevó al borde de un ataque de ansiedad. Luego las archivé.

Conseguí hacer la cena, cocinando y llorando. Luego me eché a llorar en la mesa y no podía parar, lo que hizo que el niño se fuera. Luego intenté jugar un solitario, para distraerme, pero no podía parar de llorar y acabé rasgando todas las cartas en trocitos. Luego, cuando John lo llamó, el niño le preguntó quién era su novia nueva y su padre le respondió que él no tenía ninguna novia.

Me desperté llorando a las seis y me tomé un calmante y lloré hasta que me hizo efecto.

Coloqué el portabicis en el coche, monté las bicicletas y fuimos con el coche y las bicis a la playa y luego volvimos a casa con el coche, bajé las bicis y quité el portabicis y estaba preparada para morir. Lloré mientras conducía, a la ida y a la vuelta. El niño no paraba de decir por lo bajo: *No tenemos por qué hacer esto hoy. Podemos esperar a un día menos estresante.* Los desconocidos que pasaban a nuestro lado se ofrecían a ayudar y yo decía *Mi marido me ha dejado*, para explicar por qué no era capaz de montar las bicis en el coche. Me había convertido en una loca carcomida por la rabia.

No paraba de pensar en cómo sería matar a John. Después de evaluar las posibles consecuencias, conmigo en la cárcel y el niño en acogida, supe que en realidad no era capaz de matar a nadie. Pero estaba atrapada, suspendida en un crepúsculo homicida.

Pensé en otro poeta famoso, uno al que conocí brevemente, cuya mujer se había vuelto loca, había matado al hijo de ambos y luego a sí misma. Nunca se me había ocurrido pensar en qué le habría hecho su marido a ella.

Érase una vez una chica a la que pegaban y violaban, que dejó el instituto y se fue a vivir al bosque. Entre los catorce y los veintidós años, fue engrosando su historial delictivo e intentó suicidarse en seis ocasiones. Se prostituía para mantenerse a ella y a su novia. Cuando rompieron, apresaron a la novia y, en una llamada que quedó grabada, esta le pidió a la chica que confesara los asesinatos. Una hora después de esa llamada, la chica se entregó a la policía y confesó haber matado a siete hombres. Dijo que todos ellos la habían violado con saña o lo habían intentado. En la vista del juicio, después de una década en el corredor de la muerte, declaró que el estado debería matarla, porque, dado el caso, sin duda volvería a asesinar. Al poco tiempo murió por inyección letal.

La diferencia entre esa mujer y yo era de grado, no de tipo, que es justo lo que, por cierto, yo había aprendido veinticinco años antes, cuando estuve ingresada en psiquiatría, el internamiento del que John había intentado avergonzarme una y otra vez. Quienes estábamos en ese psiquiátrico estábamos apenas un poco más enfermos que la población general.

La diferencia entre John y un tirano fascista es de grado, no de tipo. No intentes convertir tu penoso relato de divorcio en una historia sobre la conducta de los tiranos sociópatas, me dije, pero yo no estaba haciendo que fuera sobre lo que ya iba.

¿Por qué había seguido con John? Una vez por semana me acordaba de la pregunta que me había hecho aquel vecino anciano. Había seguido con John porque desprendía algo distinto, serenidad y quietud, como una montaña. Yo había asumido durante mucho tiempo que esa quietud era un compromiso con ser artista, una barrera de seguridad entre él y el mundo convencional. Su energía era serena, y me había serenado. Pero no era la quietud de la sabiduría. Era la falta de empatía.

¡Yo tengo empatía a raudales!, había protestado durante años John, indignado, en más de una discusión.

Las veces que había visto maldad tras la energía de John, yo me había dicho simplemente que me equivocaba. Por eso había seguido con él. Era testaruda. Me había negado a reconocer que me había equivocado con él.

A pesar de mi resistencia inicial al matrimonio, y de mi condescendencia hacia mujeres que habían tenido damas de honor y habían cambiado su apellido por el de su pareja y habían utilizado la palabra «maridito», al seguir con John yo me había doblegado igual que ellas. La diferencia entre esas mujeres y yo era de grado. Había estado catorce años fingiendo que yo no era en realidad su «mujercita», y que mi rabia debía provenir de una fuente desconocida.

John podrá mentir sobre mí, el resto de su vida, a todo al que él quiera, pensé. Luego la empatía me atravesaba como un rayo y comprendía que su crueldad era igual y opuesta al ego herido de estar casado conmigo. Yo tenía mi propio dinero. Me duraría años. Él había necesitado recuperar todo ese poder, de ahí que se hubiera buscado a otra mujer, una a la que creía poder controlar.

Llevaba dos días seguidos llorando y bebiendo vino a mediodía, pero supe entonces que podía hacer de tripas corazón y aguantar hasta la hora de dormir del niño.

Me había casado con John porque había creído que quizá un hombre mejor acabaría dejándome. ¿Todas las esposas hacen ese cálculo siniestro antes del día de su boda?

El niño fue a pasar el fin de semana en casa de su padre. *Adiós, mami. Ojalá no tengas ningún día triste.*

Volví a poner por escrito la historia:

He vivido más de una década como la esposa faldera de un hombre egoísta que me engañaba y que acabó dejándome por su amante. Me limité a trabajar solo como profesora asociada mientras hacíamos cinco mudanzas de larga distancia en menos de siete años para apoyar su carrera profesional, y ahora tengo cuarenta y siete años, estoy divorciada y atrapada en un barrio caro porque el niño va a un colegio de esta zona.

Y una vez más:

Mi marido anunció que se iba y luego intentó coaccionarme para que lo dejara llamar a urgencias y poder ingresarme así en un psiquiátrico. Cuando se fue, miré en su portátil y vi que había estado intentando encontrar casa con la mujer con la que había tenido la aventura, quien a su vez había dejado a sus hijas con su padre y se había venido a vivir aquí. En cuanto ella se instaló, John no esperó más. Ella había sido su amor en la facultad y ahora él estaba reviviendo su época dorada.

Y otra:

Estoy en el ojo del huracán, o quizá la tormenta haya pasado. John se fue hace tres meses. Reconocer hasta qué punto llegaba su false-

dad me ha cauterizado. Él nunca dejará de decir las mentiras que le mantienen el ego de una pieza. Me estoy tragando un montón de películas de la época dorada del cine negro de Hollywood porque me parecen muy realistas. Para mi cumpleaños me he comprado una sartén de hierro colado de cien años para sustituir la que se llevó John. Llega hoy.

La sartén llegó. Hice la cena en ella.

Cuando recogí al niño al día siguiente, vi que la casa de John estaba recién barrida. Había un paquete bien envuelto al lado de la puerta, listo para echar al correo.

De habérselo pedido yo, John jamás habría barrido un suelo ni habría devuelto un paquete, pero, de haber mejorado, había pasado de la madurez emocional de los tres a los cuatro años. *¡Mira, mami, lo he hecho yo solito!*

Le pregunté quién había limpiado la casa.

—¡Yo!

—Ah, o sea que sabes.

—Sí. Antes no limpiaba porque a ti no te gustaba cómo lo hacía yo.

Como si fuera el primer hombre al que se le hubiera ocurrido esa excusa.

Después de que un fin de semana fuera con el niño hasta el puesto de los vigilantes de la playa pintado con la bandera

LGTBIQ que hay en Venice Beach, también John empezó a ir a menudo con él.

Y después de que el niño y yo pidiéramos unas chucherías japonesas por internet, John se apuntó a un servicio mensual de Chuches del Mundo: para asomarse a lo que el niño y yo hacíamos juntos, para envenenarlo o reclamarlo como suyo.

Marni dijo que John dejaría de intentar ser un padre de verdad al cabo de un año o así. *Está esforzándose así porque ahora mismo tiene todos los ojos puestos en él*, dijo, *pero no le durará mucho tiempo.*

Le hice al niño una tortita con manzana y lo llevé al médico para que le vieran las picaduras que seguían saliéndole casi todos los días.

Una vez en la consulta, llamé a John y lo puse en altavoz. Dijo que el niño tenía unas cuantas picaduras, pero que no había de qué preocuparse. Colgué y me quedé mirando sin más al médico. El niño estaba comido de picaduras. El médico me mandó una crema con esteroides y me preguntó si tenía un buen abogado.

Me imaginaba a John en una cama de hospital, macilento y con ictericia, muriendo, pero era incapaz de mirarlo y no sentir su dolor. No era capaz de imaginarme su cuerpo deteriorándose y no sentirlo en mi cuerpo a pesar de que él había intentado montar una trama en la que yo era peligrosa para mi hijo. Ni siquiera era capaz de disfrutar con la idea de su muerte, y eso me enfurecía. Ojalá tuviera un corazón frío como el hielo.

Felix me informó de que Victoria llevaba cinco meses sin ver a sus hijas, el tiempo que hacía desde que se había mudado a California para follarse a mi marido.

La gata olía mi pena y no se despegaba de mí.

Conseguí montar un adaptador para el portabicis. Enganché el adaptador a la bici, el portabicis al coche, y la bici al portabicis. Saqué una foto.

Felix escribió: *Victoria asegura que no ha abandonado a sus hijas, que se ha mudado a California para estar más cerca de nuestro hijo, y que han sido las restricciones para viajar de la pandemia lo que le ha impedido venir a ver a las gemelas, pero las niñas saben que Victoria las abandonó sin importarle en absoluto cómo pudiera afectarles a ellas. Tienen claro que su madre ha destruido dos familias.*

Cuando le conté a la mediadora que Victoria no solo había dejado a su marido sino a dos de sus hijos, chasqueó la lengua sin querer.

Dentro de unos meses John cumpliría cincuenta y quería empezar de cero, lejos de cualquier artista, rodeado tan solo de cuadros medios y de las cosas que pueden comprarse con dinero.

Pero de momento el niño estaba lleno de picaduras. Yo no sabía qué hacer. Ya le había comprado incluso un colchón nuevo. Había enrollado su alfombra y la había guardado en el trastero. No vi ni un bicho.

Pedí una alfombra nueva y atrapé con tiras adhesivas diez puntitos negros que encontré en su ropa de cama. Dos parecían ácaros; el resto eran pelusas.

Pedí un espray contra los ácaros de las gallinas. Los ácaros desaparecerían. La casa estaría ordenada y limpia y sería un espacio de sanación.

Luego empezaron a salirme a mí. Las mordeduras picaban tanto como las de los ácaros rojos.

Hannah decía que John sabía que era un mierda, pero Marni decía que la creencia de John en su inocencia era a prueba de bombas. *No habría hecho lo que hizo si no fuera así*, dijo.

Lavadoras, aspiradora, exterminador. El pediatra nos recetó una crema para tratar la sarna en caso de que el remedio contra los ácaros de las gallinas no funcionara.

Corrí un kilómetro y medio con el niño.

John lo recogió y no me dirigió la palabra.

Sentí en lo más profundo que no estaba hecha para tener pareja.

Aunque había tenido pareja durante catorce años.

Aunque eso no era una pareja.

El exterminador dijo que si pulverizaba la casa, acabaría con todo, desde ácaros hasta ratas, y que me costaría tres mil dólares.

El niño volvió a casa con picaduras nuevas en las axilas.

Yo estaba preparada para levantar un camión, pero no había camión que levantar.

Fui a comprar la crema de la sarna. Decidí no pasar por delante de la casa de John al volver a la mía.

Alabada sea la ciencia: los síntomas del niño mejoraron considerablemente tras una sola aplicación.

Tanto John como Victoria tuvieron que recibir tratamiento para la sarna.

Empecé por los armarios y los cajones de la cocina. Se acabaron las cosas misteriosas remetidas en cajones y roperos. Nada superfluo, todo útil.

John siempre había necesitado verlo todo a su alrededor, botes de cristal de pasta cogiendo polvo y ocupando espacio en la encimera.

Quería verlo todo para saber que estaba allí, que existía, que él existía.

Luego, en cuanto hasta lo más mínimo de él desapareció de la cocina, su antiguo reino, vino la tristeza y me aplastó.

La rabia regresó al caer la noche. Me levanté de la cama y me puse a hacer cosas de la casa hasta que no me importó ni que él muriera, hasta que una nube neutral rodeó la idea de su persona.

Mis padres comentaron que parecía feliz por primera vez en años.

El niño pasaba la mitad del tiempo con su padre. La mitad del tiempo, conmigo. De esa mitad, la mitad la pasaba en el colegio, y gran parte del resto la ocupaban los deberes y las actividades extraescolares. Habían pasado las interminables horas de la primera infancia.

John siempre se había limitado a dejar la ropa sucia al lado de la cesta, nunca dentro, y cuando tiraba algo a la basura siempre lo dejaba en lo alto del cubo, en equilibrio, para que yo tuviera que meterlo dentro cuando tuviera que tirar otra cosa, pero, desde que se había ido, los cubos se llenaban lentamente.

Desenchufé la lavadora, desconecté el desagüe, saqué los filtros y encontré el tapón: trozos de plástico de una vez que John había lavado un hule en un ciclo de centrifugado fuerte. Lo volví a poner todo en su sitio y el aparato funcionó.

Habían pasado cinco meses.

El primer día después de una semana con su padre, el niño se lavó el pelo, se pasó el hilo dental, se lavó la cara, se limpió las orejas, se cortó las uñas, echó el jersey sucio a la lavadora y lloró.

Compramos unas piedras lisas y suaves en el almacén de materiales de construcción y las pintamos para nuestro huerto nuevo. Puse la montaña de ladrillos pegada al muro de la casa porque estaba en medio de todo, no porque creyera que ya era hora de dejar de lanzarlos.

Aprendí a utilizar el taladro nuevo gracias a un tutorial online. Todos los comentarios de debajo eran sentidos agradecimientos de divorciadas y viudas.

Me tumbé en la cama del niño antes de cenar. *¿Puedo leerte yo a ti?*, me preguntó. Me leyó un poema de una antología de poesía infantil con su hermosa vocecita, todavía de niño.

A cada semana que pasaba, más embargada de amor me sentía por el niño, con mi capacidad para sentirlo adquiriendo unas dimensiones que no había creído posibles.

En sus llamadas rutinarias, el número de veces que John le decía al niño que *me alegro de que mamá y tú os lo paséis tan bien* era proporcional a la envidia que sentía de que nos lo pasáramos tan bien.

En sus llamadas rutinarias, el niño le contaba a su padre que habíamos visto un documental de la Antártida o que habíamos hecho manualidades juntos. En sus llamadas conmigo, lo único que me contaba era que se había pasado la tarde jugando a la consola.

Pero entonces una noche me dijo que, cuando no conseguía dormirse, le gustaba pensar en todos los animales de su videojuego.

Le escribí a Naomi, la mujer a la que John había engañado y abandonado, catorce años atrás, para estar conmigo. Me disculpé por haber creído que su relación había acabado.

Me respondió diciéndome que ella nunca me había culpado a mí, solo a John.

Empecé a comprender qué es una historia. Es una manipulación. Es una forma de contener un caos ingobernable.

El intríngulis está en extraerlo, nombrarlo y describirlo con todo detalle.

Después de raspar un pilar de hormigón al salir de una plaza de aparcamiento, en vez de venirme abajo, le dije al niño: *¿Ves todas esas rayas de pintura en ese pilar? Cada una es de un coche distinto. Esto es algo que pasa mucho.* Luego puse rumbo a casa, con un faro roto y el parachoques delantero medio colgando.

En mediación, John pidió por cuarta vez presentar de nuevas al niño y a Victoria, sin esperar el año que habíamos acordado. Yo me negué, a sabiendas de que él aceptaría de inmediato, esperaría unas semanas más, y luego volvería a preguntarlo como si fuera la primera vez, con la esperanza de que le diera otra respuesta.

Parecía haber olvidado que, cuando yo le había hecho la misma pregunta una y otra vez, él se había negado a responder y había alegado que yo estaba intentando manipularlo.

Vino un periodista a entrevistarme para un reportaje sobre mujeres escritoras con niños. Aunque no me atraía y me habría dado reparo tener que besarlo, tener una polla desconocida en casa me dio ganas de chuparla y follármela.

No tenía claro que ese impulso no estuviera relacionado en parte con mi costumbre de identificar toda necesidad emocional del prójimo y satisfacerla al momento, pero daba igual. Sea como sea, cuando toda una civilización te está diciendo que le debes a esa polla una buena mamada y un buen polvo, si cedes no es un fracaso personal. Te han coaccionado.

Una tarde el niño y yo nos encontramos a John y a Victoria en una gasolinera. Estaban limpiando las ventanas del nuevo coche de ella, jugando con los limpiacristales como adolescentes, como en una película o una pesadilla. Yo estaba justo detrás. Victoria me pareció más baja y ancha de lo que recordaba.

¡Buenas, chicos!, dije. *Me alegro de veros por aquí.* Victoria se dio media vuelta, se le puso la cara blanca y fue a esconderse al coche. John se acercó y me dijo que le había llegado a su dirección otro cheque de reembolso del seguro de salud, que si me lo acercaba a mi casa. Parecía esperar que una conversación banal borrara lo que habíamos visto el niño y yo. *No, métela en la mochila del colegio y ya está*, repliqué limpiamente.

John se despidió del niño, que estaba en el asiento trasero. Echó vaho en la ventanilla y escribió el nombre del niño del revés.

Esa noche lo llamó.

—Papá, sé que estás saliendo con Victoria.

—*¡Yo no estoy saliendo con Victoria! Solo habíamos quedado para echar el rato.*

Después se quedó callado. Se le quebró la voz. Ahora ya lo sabíamos los tres. John se serenó y añadió: *Eso son cosas de mayores de las que tú no tienes que preocuparte*, pero el daño ya estaba hecho.

A la hora de dormir le dije al niño que su padre seguramente nunca reconocería que había mentido. Le conté que yo había pasado varios meses sin saber si debía contarle lo de Victoria. *Has hecho bien*, dijo el niño, que me abrazó.

Mi madre apodó a Victoria «la chica de la gasolinera de John».

La siguiente vez que llamé yo al niño, este me enseñó el huerto de su padre, tan surtido como un vivero. John había hecho bancos de cultivo con maderas de distintos colores. Se le daban muy bien los comienzos de las cosas y, para él, este era un gran comienzo, en su fantasía de experto jardinero. Catorce años antes, él me había embelesado a mí con todos los elogios que sus profesores de escritura le habían hecho en la licenciatura que nunca terminó.

Durante su siguiente llamada, John le preguntó al niño: *¿Qué es lo más rico que has comido hoy?*, que era una pregunta que yo había empezado a hacerle varias semanas antes. Luego, al final de la llamada, John susurró: *Papi quiere a Osito*, que era también algo que yo había inventado. ¿Es que creía que el niño no iba a darse cuenta?

Felix me informó de que las gemelas habían venido a visitar a Victoria. John se volvió muy parlanchín, se puso a mandarme enlaces a vídeos tontos que yo ignoré. Me envió un mensaje largo sobre un amigo del trabajo que había tenido un infarto y dejó caer que él iba a llevarle comida a la familia y que a lo mejor tenía que llamar al niño a la vuelta, desde el coche. Olía su vanidad a kilómetros.

A los pocos minutos volvió a escribirme. La familia le había pedido que no llevase comida, así que tenía mucha comida *calentita en su mano*, una frase poco afortunada que seguramente había aprendido de Victoria. *No, gracias, tenemos cosas*, respondí.

Estuve viendo fotos de John de nuestros comienzos y vi sus ojos amables y buenos. Pero ya no eran los ojos de un hombre bondadoso. Eran los ojos de un depredador.

John había follado en un hotel con Victoria en agosto, y luego había follado conmigo en octubre, por última vez, y luego yo había estado varios días con candidiasis, cosa que yo había achacado a correr con mallas cortas, a pesar de que yo siempre he corrido así.

Seguramente no habían utilizado condón. O puede que sí, y que la cándida proviniera de la boca azucarada por el alcohol de Victoria.

Cuando mi hijo era muy pequeño, su marco de referencia para identificar formas y objetos al principio había sido reducido, como el de todo el mundo. Le interesaban las bombillas y veía su forma por todas partes. *Como bombilla*, había conseguido decir, con precisión, casi todos los días, al igual que yo, una vez revelada la traición, veía las señales que había pasado por alto cuando me había tocado a mí. La mitad de los matrimonios de mis amigos parecían de pronto a punto de resquebrajarse. Me sentía vidente.

Le lloré a Hannah, diciéndole que me había equivocado, que tendría que haber sido más lista.

¡No elegimos a nuestros amantes!, me contestó, casi enfadada. *¡Los elige nuestro cuerpo! ¡La heterosexualidad es para hacer bebés!*

—*Pero ¡tú estás con un hombre y ya no vais a tener más bebés!*

—*Pero ¡es que mi cuerpo no lo sabe!*

En su *Infierno*, Dante no castiga a los adúlteros por lo que hacen sus cuerpos; los castiga por asegurar que su pecado está fuera del reino de la elección y por lo tanto no es inmoral. Los castiga por romper las promesas que hicieron en el día de su boda.

Yo seguía intentando contarle la historia a todo el que estuviera dispuesto a escuchar, en fragmentos sueltos, sin sentirlo como una historia.

Repasé las fotos de nuestra boda y me encontré cuarenta instantáneas en las que aparecía Victoria. En varias, John y ella salen sentados juntos y están mirándome. Ella tiene el escote bronceado y los brazos fofos. Tiene aspecto de matrona.

Había invertido mi tiempo y sacrificado años de carrera por una persona cuya siguiente amante había sobrevolado nuestro matrimonio como un fantasma, que había acechado en los bordes de nuestro álbum de fotos como una actriz suplente.

Fui a dar un paseo. Me costó nueve kilómetros dejar de imaginarme a Victoria atropellada por un coche.

Seguía sorprendiéndome lo física que sentía la traición, lo íntima que era en esencia, como un parto.

Al principio creí haber puesto mi vida en espera por alguien que nunca me había tenido plenamente en cuenta, pero era peor aún. John no solo me había menospreciado: me había castigado por mi éxito.

Yo había reescrito su autobiografía secreta, según la cual yo tenía que haber sido la esposa del gran hombre. Nunca me perdonaría por ello.

Todas las noches que pasaba despierta después de mi hora normal de dormirme, cuando John se había mostrado preocupado, no había sido por mi insomnio. Solo quería tener sexo telefónico con Victoria.

John llamó al niño desde su coche, de camino a o desde el piso de Victoria. Sonaba distraído. Cuando le oí decirle buenas noches al niño, escuché a un mentiroso harto, a punto de rendirse.

¿Estaba enfadada solo porque había escogido a alguien que siempre sería menos inteligente, menos exitoso que yo? ¿Había hecho yo lo que hacen los hombres cuando se casan con tontas guapas y complacientes?

Cuando fui a hacerme la mamografía, la recepcionista me preguntó: *¿Sigue siendo John Bridges su persona de contacto en caso de emergencia?*, y le dije que no, pero luego no se me ocurría a quién más poner y di el nombre de Hannah a pesar de que mi amiga vive en la otra punta del país.

Cuando John llegó a recoger al niño, dijo: *Viene por oleadas.* ¿Por qué estaba describiendo esto como un desastre natural cuando lo había maquinado todo él solo?

Los compañeros de la facultad de John siempre habían sido muy cautelosos conmigo, desapegados y educados, seguramente porque él les había contado infinitas historias de mi locura y posiblemente incluso creyeran el cuento chino de mi internamiento. No habían querido hacer saltar ninguno de mis delicados fusibles.

Debió de ser inquietante ver cómo me resquebrajaba. Hubo quien necesitó consolarse pensando que la quiebra acabaría pronto y que no sería contagiosa.

Doce años atrás, en nuestra luna de miel, John me había despertado una noche para que viera un ciervo que estaba hundiendo sus pezuñitas en la arena delante de nuestra cabaña en la playa. *¡Despierta! ¡Un ciervo! ¡Un ciervo de playa!*, dijo.

Cada vez que John le contaba esa historia a alguien, él hacía de mí despertándome amodorrada, más sedada de lo que seguro soné. Con los años su interpretación fue volviéndose cada vez más denigrante. *¿Cómo? ¿cómo?* Me hacía sonar como si me despertara del coma, y luego añadía que yo tomaba una medicación que me dejaba desmayada toda la noche. Lo decía con una mueca burlona.

¿Me confundió con la lunática que le contaba a todo el mundo que yo era?

Mi ingreso psiquiátrico ocurrió siete años antes de conocerlo a él. Yo nunca lo oculté; de hecho hablé de ello abiertamente.

De algún modo, en los años que siguieron, mi ingreso acabó tornándose, bajo la influencia del desprecio de John, en internamiento. No solo eso, sino en internamiento voluntario. Como si eso fuera peor que una contención forzosa. Como si tuvieras que estar más loca todavía por elegir aceptar que te traten. Como si admitirlo fuera lo más loco de todo. Como si que la gente se enterara de tu locura fuera la vergüenza más bochornosa que existiera. *Medicación para trastorno bipolar e internamiento voluntario.*

La palabra. *Bipolar.* Cosa que nunca fue mi diagnóstico oficial —tan solo una subcategoría de la depresión—, pero John se consolaba con esa palabra. Era la prueba de que yo estaba enferma y él no, y de que él era mejor que yo. *Medicación para trastorno bipolar.* No parecía entender que hay todo tipo de psicotrópicos para tratar todo tipo de trastornos del ánimo. Parecía pensar que mis frascos de pastillas, que yo nunca había ocultado y que en cambio tenía en la mesilla de noche, deberían estar marcados con un XXX BIPOLAR XXX, como las bebidas de alcohol de garrafón de los dibujos animados clásicos.

Nuestra relación había sido una conversación de catorce años sobre la confluencia de salud mental y arte, pero en realidad eran dos argumentos que no se tocaban: el empeño doble de John por el que él era un gran artista y yo era una lunática desquiciada.

Yo nunca había sentido la necesidad de empeñarme en que yo era una gran artista. Una publica un libro, tiene sus temores, remiten, escribe el siguiente libro. A veces me he sentido una loca, pero ¿a quién no le pasa?

Después de morir su madre, John me había dicho con mucho desdén que él tenía razones para estar deprimido y que, cuando se tienen razones para estar deprimido, no te hace falta medicación.

Fue tan inútil discutirle eso como lo fue en la cena en la que le dijo a todo el mundo que no nos acostábamos porque yo tomaba calmantes por la noche. No porque durmiera más horas de lo normal, o porque tuviera el sueño irregular; era solamente porque me medicaba. Intentó presentarlo como un problema logístico, que yo estaba siempre dormida cuando él quería acostarse conmigo, pero yo dormía de once a siete de la mañana, y bien podía haber follado conmigo fuera de ese horario. Era un argumento tan estúpido que decidí que no podía estar ocurriendo de verdad. Fingí que no era real.

Y en cuanto lo olvidé, seguí preguntándome cómo podía convencer a mi marido de que follara conmigo. Me lo planteaba como un problema que yo pudiera resolver por mi cuenta.

Esto es algo que solo haré una vez en mi vida, había dicho John, muy solemne, días antes de casarnos.

El día que nos casamos yo había sabido que estaba asumiendo un riesgo, y que nos queríamos el uno al otro, y que ambos teníamos nuestros defectos que seguramente nunca desaparecerían, y que nuestro amor era capaz de superar esos defectos.

No hay garantías, había dicho él, muy solemne, meses después.

La perspectiva de morir sabiendo que eres amado, en compañía del otro: ese es el voto del matrimonio. La experiencia central de la traición conyugal es que te arranquen de cuajo y para siempre esa feliz escena.

Pero morir sola, acunada por el universo, en un continuo con el resto de su energía, ya no era algo que temiera. Cosas peores había visto.

John no había ocultado quién era en el principio: inseguro y envidioso, pero también muy entusiasta y admirativo. En el principio había parecido admirarme y apoyarme. Cuando mi carrera le tomó la delantera a la suya, él intentó ocultarlo bajo la historia de que yo estaba loca. Él había dejado de hablar de su inseguridad unos cinco años antes de dejarme, y yo había creído que había desaparecido.

A lo mejor el problema era simplemente que los hombres odian a las mujeres.

John llevaba dos meses intentando cortar con Naomi, me había dicho él al poco de conocernos y prácticamente empezar a follar.

Seis meses después, fui a su casa para Nochevieja. Nuestro primer Año Nuevo juntos. Había un *coq au vin* haciéndose lentamente en el horno. Naomi llamó y John se metió en el baño para hablar con ella tras la puerta cerrada. Cuando colgó, dijo que tenía que ir a llevarle sopa porque se encontraba mal. Estuve esperando tres horas a que volviera.

El *coq au vin* era una reliquia de su relación con Naomi, que era de Burdeos; él había aprendido a hacer platos franceses para impresionarla.

Catorce años después, una vez que me dejó, nunca le pedí que me llevara sopa y nunca lo contacté salvo para cuestiones puntuales relacionadas con el cuidado del niño. Nunca le pedí que volviera ni que representara nada parecido a una disculpa o al amor.

Hacer unos votos matrimoniales es un desafío mental. Tienes que adivinar si la persona, a la sazón con su conducta más impecable, algún día valorará tu salud física, emocional y financiera por encima de la comodidad de simplemente poder romper el contrato.

Este juego de adivinación no puede completarse con éxito alguno. Ni siquiera es un juego de adivinación. Es un cara o cruz. Estás basando un plan para toda una vida en la conducta de una persona que podría cambiar, o volver a cambiar, en otra persona.

Los votos matrimoniales difieren de otras declaraciones legales en tanto que no existen sanciones por contravenirlos.

La traición de John fue un don. Mis últimos trozos de estupidez romántica, hechos ceniza.

Le enseñé al niño la dirección de la casa nueva de su padre, cosa que a su padre no se le había ocurrido hacer en nueve meses.

Mi fase de negación duró quince segundos, me decía como un cumplido a mí misma, pero luego recordé que había durado más de catorce años.

Le mandé un mensaje a Marni: *Me da vergüenza haberme dejado engañar por alguien tan idiota.*

Me respondió: *John cambió todas las reglas sin que tú te enteraras de nada, que era la única manera que tenía de engañarte. Pero solo te engañó un poco. Recuerda que tú sugeriste que fuerais a terapia, él no quiso, y tú no tardaste ni quince segundos en pasarle la mano. Ya te las estabas arreglando bastante bien sin su ayuda, es más, mientras él te saboteaba activa y constantemente.*

Enferma y delirante por el covid, seis meses antes de que se fuera de casa, le envié a John la lista de canciones que quería que sonaran en mi funeral, por lo que pudiera pasar.

Él había dormido en el sofá de abajo mientras yo me quedaba confinada en la cama, y esa semana habló casi seiscientos minutos por teléfono con Victoria.

———

El romance no es sino una decoración cutre de tienda de manualidades pensada para sanear el deseo de follar.

¿Para eso es el matrimonio?

¿Para eso era mi matrimonio?

Casi un año después, con el callo bajo el dedo anular bastante plano ya, pensé en la madre de John. *¿No estará decepcionada y avergonzada? ¿No va a hablar con su hijo para impedir que pase todo esto?*

Y luego recordé que estaba muerta, y que llevaba muerta casi diez años. Y luego me sorprendí pensando en la madre de este hombre como en el referente más capaz de poner coto a la conducta de John. Y comprendí asimismo que siempre había pensado en él como en un niño, un niño pequeño y mimado.

Es hora de dejar de ver los defectos como cosas entrañables, dijo Marni.

Después de dejar al niño en el colegio, llevé las protecciones del kárate a casa de John, tal y como habíamos quedado. El coche de Victoria estaba aparcado delante. Llamé tres veces al timbre y luego golpeé la puerta. John apareció en el umbral con una toalla y un susurro. *Ah, las protecciones*, dijo con deje entre avergonzado y sorprendido. Le tendí la bolsa, directa al grano. Volví entonces al coche y comprendí que John me había hecho llamar al timbre y aporrear la puerta para hacerme quedar como una loca.

En el examen de cinturón, el niño tenía el cinturón más alto de la sala. Yo me senté al lado de John, que le había atado mal el cinturón al niño y a mitad de la prueba tuve que bajar a los tatamis y volver a atárselo, tras lo cual los demás padres del público me aplaudieron de broma. Sus niños tenían cinturón blanco. No tenían ni idea de cómo era haber asistido a cinco exámenes de cinturón. No tenían ni idea de cómo era estar divorciada.

John se inclinó al menos media docena de veces para cuchichearme al oído durante el examen. No recuerdo nada de lo que me dijo salvo lo último, que fue: *Mierda, se me han olvidado las protecciones.* Le dije que fuera a su casa a por ellas, pero me respondió que no daba tiempo ya y entonces dijo: *Seguro que alguien le puede dejar las suyas*, y yo ya no añadí nada más, pero en silencio le comuniqué, sin mirarlo, sin mover un músculo, que estaba decepcionada pero no sorprendida. Cosa que él sabía. Cosa por la que él me había dejado.

Durante todo el examen, sin embargo, estuve mirándole de reojo el cuerpo y, a pesar de todo, me resultó atractivo, que es como imagino que los hombres ven a las mujeres. Lo despreciaba y le deseaba la muerte para que dejara de decepcionar a nuestro hijo, y aun así seguía gustándome mirar su cuerpo.

Lo más probable era que John le hubiera contado a Victoria que ya habíamos roto. Lo más probable era que le hubiese contado la historia tan bien, con tanta convicción, que él hubiera llegado a creer que era cierta. Y así, lo más probable es que se hubiera adentrado en su nueva relación sintiéndose limpio y preparado, igual que debió de adentrarse en la nuestra tras dejar a Naomi confundida y con el corazón roto.

Busqué en mi tarro de monedas extranjeras y encontré los wons coreanos que había traído hacía años John de su viaje. Cuando al día siguiente se pasó a dejar el chaquetón que se le había olvidado al niño, dejé caer las monedas en una montañita sobre su mano. Él reculó y se le cayeron por los escalones del porche y dijo: *Perdona, no sé por qué me ha entrado ese tembleque.* Pero sí que sabía por qué.

Quizá un marido no sea más que un pozo sin fondo de privilegios asumidos. Da igual todo el amor, la energía y la atención que eches dentro que el agujero nunca se llena.

Una familia nuclear puede destrozar a una artista mujer. Yo siempre lo había sabido. Pero nunca sospeché lo fácilmente que acabé cayendo en una pese a todo.

Hace años, un día que fuimos juntos a recoger al niño de la guardería, John había rugido y rugido y fingido perseguir a los niños por todo el patio. *¡Un monstruo, un monstruo!*, chillaron alegremente. *Esto se les quedará grabado*, le dijo una de las maestras a John. *Ya tienen edad suficiente para recordarlo.* Lo que no recordarán es que lo hizo solo para alimentarse de su adoración.

Volví a poner por escrito la historia:

El niño guardó varias semanas unas gafas de su padre en la mesilla de noche. Luego, un día, las tiró.

Unas semanas antes de que John se fuera, yo estaba sacando la basura cuando me encontré todo el callejón lleno de anuarios, cartas, Polaroids desvaídas, dibujos infantiles, estampitas con oraciones, entradas de una función de *Jesucristo Superstar* de 1987. Lo recogí todo, pensando en esconderlo al menos de los ojos curiosos de… ¿quién curiosea por los callejones entre casas? No lo sabía, pero tenía la impresión de haber descubierto un cadáver desnudo.

Lo recogí todo, hasta el último clip y abalorio. Había una licencia para ejercer como agente inmobiliaria, caducado tiempo atrás. Era un nombre poco común. Encontré su teléfono por internet y le dejé un mensaje de voz, y cuando me devolvió la llamada, me dijo que se pasaría pronto a por sus cosas.

La mujer había utilizado la frase *el padre de mi hijo* y pensé, no por primera vez: Qué frase más triste. Qué alegría que no vaya a tener que utilizarla nunca.

Luego John se fue. Volví a llamarla y le dejé otro mensaje. Le dije que mi marido me había pedido el divorcio y tenía que mudarme. No tenía que mudarme, pero no soportaba seguir con sus pertenencias en casa. Estaban pasando demasiadas cosas a la vez.

Cuando finalmente vino a recogerlas, me dijo: *Lo que ha hecho por mí ha sido alucinante.* Dijo que rezaría por mí. Confié en que Dios le hiciera caso.

Por fin conseguí que el casero me cambiara los canalones viejos. Por fin funcionaban todos los desagües. Cuando nos mudamos, la bañera nunca llegó a desaguarse del todo al día o dos de que viniera el manitas a desatascarla.

Cuando me lavaba el pelo, se quedaba en el desagüe un rosco del mismo castaño claro, ribeteado de espuma blanca. A los pocos minutos, en cuanto se iba el resto del agua, se formaba un segundo rosco más pequeño. Después de lavarme los dientes, cogía el segundo rosco de pelo y lo tiraba a la basura.

Pero cuando, con los días, las semanas y los meses, la bañera fue desaguándose cada vez más lento, dejaba que la segunda rosca se formara sola. Y al día siguiente, cuando me tocaba ducharme —yo me levantaba antes para darle de comer a la gata, hacerle el desayuno al niño y prepararle la comida del cole y arreglarlo a él mientras mi marido se escribía con su novia en Calgary—, vi que el día anterior alguien había arrastrado el pequeño óvalo mojado de pelo hasta el lateral de la bañera y lo había dejado allí, una acusación.

Mira tu mugre, decía tácitamente mi marido, con ese arito de pelo. *Me da demasiado asco cogerlo y tirarlo.*

Para cuando me dejó, llevaba diez años sin limpiar un cuarto de baño.

Escribí: *Hoy es el último día que puedo soportar pensar en ello.*

Dios Santo, con lo que me gustaba a mí pensar en nuestro matrimonio longevo. Me encantaba pensarme con capacidad para el amor maduro, que yo había vivido como un autoborrado y procesado como un logro.

Pensaba en los dos caminando codo con codo, algo encorvados, huesudos, con pasos cautelosos, muy viejitos, cogidos de manos engarrotadas. Él sigue teniendo los ojos de un verde pasmoso. Los dos tenemos el pelo blanco. Caminamos juntos como personas que han tenido cincuenta años para aprender los andares del otro y para aprender a reaccionar a los ligeros tambaleos del otro en la acera. Ese futuro había desaparecido. Su imagen me rasguñaba.

Pero solo había visualizado la imagen desde la perspectiva de alguien que observa a una pareja de ancianos, a pesar de que en teoría yo era la mujer de la imagen.

Así que no estaba llorando la experiencia de ser esa mujer; estaba llorando una imagen romántica de ella, caminando con su querido y devoto marido, que nunca había existido.

No era más que una película pastelosa, un sensiblero detonante de los sentimientos románticos, forjados en mi adolescencia, que seguían acechando en mi interior.

De adolescente, cuando mi primer novio me dijo que quería romper conmigo, me eché a llorar y él se quedó confundido. *Me dijeron que te tratara fatal hasta que rompieras tú conmigo*, me dijo, como esperando que le reconociera el mérito por elegir la opción más amable.

Marni escribió: *Me he reconciliado con el hecho de que estuve años sin permitirme vivir mi propio éxito porque mi marido necesitaba una mujer corriente. Cuando ya no fue posible, salió al mundo y se buscó una de esas.*

Días antes de que John me informara de que nuestro matrimonio había terminado, yo seguía diciendo, múltiples veces al día, incongruentemente: *¡Te quiero, Chuchú!*, siguiendo nuestra vieja costumbre.

Solo nos llamábamos por nuestro nombre cuando nos cabreábamos con el otro.

Él no volvió a decir *Chuchú* una vez que se fue, ni yo tampoco. Él varias veces tuvo el desliz de llamarme *Chu*, pero yo nunca respondí en consonancia.

Creía que me costaría, que se me escaparía sin querer, pero no se me olvidó.

Años antes, después de prometernos, me planteé cambiarme el apellido a Bridges. Me atraía mucho la idea de ponerme un disfraz, de rendirme a mi papel de esposa de cara al mundo, mientras en secreto era libre, pero temía cambiarme el apellido oficialmente porque entonces tendría que acordarme de firmar los cheques con un apellido y los libros con otro. Me preocupaba tener que conservar dos firmas y estar siempre pendiente de utilizar la correcta. De sentirme una mentirosa. Y entonces decidí que esperaría a que lleváramos cinco años casados y ya me lo cambiaría entonces.

Llegamos a los cinco años, pero no me vi preparada.

Luego llegamos a los diez años, y seguí sin verme preparada.

Y luego, cinco meses después de darle a John la cuchara de acero, se terminó, y no tuve que cambiarme el apellido.

Antes de todo eso, cuando todavía éramos una familia, fuimos a pasar las fiestas en casa de una amiga de la infancia de John, Gail, que había adoptado el apellido de su marido. Los dos trabajaban para multinacionales, conducían coches de lujo y llevaban a sus niños a parques temáticos.

A finales de ese verano, unos meses antes de irse, John de pronto dijo que tenía que ir a ver a Gail. Ella lo estaba pasando mal y necesitaba hablar. El problema no estaba muy claro, pero el confinamiento había sido muy duro para todos. Le dejé que fuera y cuidara de su amiga.

Unas semanas después, la última vez que quedamos con Gail y su familia, fuimos a la playa. Los niños jugaban en el agua. Gail y su marido ya sabían por entonces que John iba a dejarme.

Por lo menos nosotros no seremos tan perversos, solía pensar yo cuando escuchaba historias parecidas, estando todavía casada.

El confinamiento por la pandemia impidió que millones de adúlteros mantuvieran su doble vida. Ese primer año la gente no paró de contarme historias idénticas a la mía.

Luego yo me convertí en la historia con la que disfrutaba otra gente casada, murmurando juntos en la cama, apiadándose de mí, adorando a John por hacerlos parecer buenas personas, deleitándose con cada detalle inmundo.

Había pasado un año y, en todo ese tiempo, no había sentido la necesidad de contarle nada a John, y no había querido preguntarle nada más allá de las trivialidades más básicas.

Y pensé entonces que debería estarle agradecida por haber ingeniado con éxito una transición tan fácil. Al odiarme.

John me dio un bote de mermelada casera que llevaba pegada una etiqueta impresa. *Granja Bridges*. Para distinguirla de las etiquetadas a mano con rotulador de punta fina que solíamos hacer juntos. Para demostrarme que ahora era mejor, sin mí, demostrándome que podía ser mejor mujer de casa de lo que yo fui nunca, aparte de ser el marido.

Intentó que pareciera poca cosa, para demostrarme que él podía hacer lo que yo hacía sin despeinarse, para echar por tierra los catorce años de trabajo invisible que yo había hecho.

Marni me contó que una vez John estuvo enseñándole sus cuadros y entonces yo había entrado en su estudio del garaje para recordarle que tenía que hacer algo. Cuando salí por la puerta, John puso cara de hastío, esperando que ella lo compadeciera.

Hannah me contó que una vez, en la presentación de uno de mis libros, hacía años, se había tomado unos vinos y, medio achispada, le había preguntado a John si estaba emocionado por mi nuevo libro. *Está supernerviosa, de verdad. Odia leer en público*, había contestado él, como molesto.

En circunstancias normales, me asqueaba pensar que la mierda acabara en otra parte que no fuera una alcantarilla o un hoyo en la tierra, pero, en las primeras semanas después de irse John, fantaseé con cagar en mi propia mano y aplastar la mierda contra el bastidor de todos sus cuadros: los que fotografió para mandar a su galerista, que jamás respondió.

La traición es algo primitivo y elemental, y en lo más profundo de la memoria de mi cuerpo una sabiduría ancestral y animal se había despertado a la vida.

————

Hace años me senté al lado de una mujer soltera en una cena en casa de unos amigos. Me preocupaba que John estuviera sentado entre dos personas famosas y se sintiera pequeño. Le conté a mi compañera de mesa que creía que John era alucinante, con la esperanza de que mi validación encontrara la manera de extenderse por la sala y llegar hasta el ego de mi marido.

Yo lo había querido todo: quería que la gente básica me reconociera como una persona exitosa, que se había casado, procreado y mantenido una familia nuclear; y al mismo tiempo quería que los raritos me reconocieran, escondida bajo mi disfraz de básica. Quería estar al plato y a las tajadas.

Cuando leí esos tres meses de mensajes de texto, reparé en que él siempre le rebotaba a Victoria enlaces a cosas graciosas de internet que yo le enviaba a él. Me pregunté si en algún momento él pensó: *Voy a seguir casado un poco más con esta mujer, que me manda enlaces a cosas graciosas que le gustan a mi novia.*

Felix decía que los amigos de John pensaron en su momento que yo era demasiado buena para él, y que John siempre había explicado que yo era profundamente inestable, estaba loca de remate y había estado internada.

Qué cosas, tener que explicarles a tus amigos que tu mujer está contigo solo porque a ella le pasa algo malo.

Cuando John se fue, barrí el garaje y descubrí que sí que se podían recibir llamadas y mensajes en aquel estudio. Él siempre había asegurado que allí no tenía cobertura.

Unos meses antes de irse, me llamó al garaje y me pidió que le dijera qué me parecía un cuadro nuevo. Embutí la crítica entre halagos. *Perdona, pero eso no es así*, respondió en el acto a mi crítica.

La única mentira que le conté a mi marido en todos esos años fue que un trozo de cristal que había quedado de una reforma se había roto solo, en vez de decirle que se me había caído a mí. Lo sentí como una decisión que nivelaba las cosas. Lo sentí como si me desquitara por el daño que él me había causado. Lo sentí como una gota en el cubo de ese daño.

Que es, por supuesto, justo lo que él había sentido con sus mentiras y sus infidelidades.

¿Cómo de grande era su cubo? ¿Qué más había, aparte de Victoria?

Volví a poner por escrito la historia:

En cuanto nos instalábamos en la casa nueva y yo encontraba trabajo como profesora adjunta en alguna facultad, John perdía el suyo y nos volvíamos a mudar. Cuanto más desconectada, dependiente y sobrepasada me sentía yo, más seguro se sentía él de que debía ser quien tomara las decisiones sobre dónde vivir, puesto que, a esas alturas, era quien aportaba casi todos los ingresos. Yo lo creía, sobre todo cuando él añadía que yo estaba loca porque, al fin y al cabo, aquella única vez había estado internada.

Llamar loca a una mujer es el último recurso de un hombre que no ha conseguido controlarla.

Pero un momento…, ¿realmente estaba yo loca?

Cuando John quiso instalar una barra de hacer dominadas en una puerta de nuestra primera casa en California, me negué a dejarle porque temía sentirme tentada a colgarme de ella.

Cuando nuestro hijo desapareció en la playa y los vigilantes se pusieron a batir la playa en su busca, yo me quedé de pie diciendo *Dios santo, Dios santo* tan fuerte que la gente se me quedó mirando, y a mí me dio exactamente igual. Hice una pausa en mi lamento para informar a mi paralizado marido de que, si el niño aparecía muerto, yo me mataba.

Pero encontraron al niño y no me maté.

Ese es el problema que tenemos las mujeres como nosotras, dijo Marni. *Que no morimos. Cuando le digo a la gente que estoy deseando morirme, no lo pilla. Es que estoy que no puedo más. No me voy a matar, pero estoy preparada para descansar en paz. Cuando me fui de vacaciones, a bucear, no me podía mover. La corriente era demasiado fuerte. Pero era tan bonito allí debajo del agua.*

Y pensé: «Bueno, si esto es todo, no está mal». Luego el tonto del guía del barco me salvó y me dio cien pavos.

Cerré los ojos y junté todo el matrimonio en una montañita. Parecía una escena de la demolición de un edificio, barras de forjado y maderos inconexos, media vida de cosas. Luego lo compacté todo y la montaña se redujo, aplastada por máquinas potentes. Cuando terminé, era negro como el carbón y tenía la densidad de una estrella de neutrones. Abrí los ojos.

Un año después de irse, sentí un atisbo de iluminación: quizá él había sabido que tenía que dejarme ir para que yo pudiera ser libre para hacer mi trabajo y vivir mi vida, y quizá, a un nivel más profundo y secreto, era todo un acto de responsabilidad y bondad.

Pero eso no es más que yo proyectando una bonita moraleja en una historia de agravio deliberado. Esa había sido mi función principal cuando era esposa y ama de casa.

Cuando llegué a casa de John, el niño estaba comiendo cereales en un cuenco azul muy bonito. Reconocí la marca y lo busqué en internet. El cuenco había costado cuarenta y cuatro dólares.

Él me había dejado los cuencos azules que yo había comprado en Target años antes de conocernos. No creo que me gastara más de diez euros en el juego.

La casa nueva de John estaba llena de cosas nuevas y caras. Esos cuencos, el sofá de cuero, los cuadros enmarcados a medida: lo había comprado todo rápido, antes de que repartiésemos lo que nos quedaba de ahorros.

En el principio, cada vez que John y yo oíamos hablar de alguien que había tenido una aventura, decíamos siempre que tenía que ser agotador intentar llevar eso adelante, decir tantas mentiras, cuidar de dos relaciones, sacar tiempo para llamadas de teléfono y citas. Yo lo sentía así de verdad y, con lo vago que era John para todo lo demás en su vida, asumí que él también lo veía así.

Un mes antes de irse, Victoria le había escrito: *Imagino estas palabras saliéndome directamente de la boca y entrando en la tuya. Y luego mi boca yendo a otra parte... ¿Cuánto falta para poder celebrarlo?*

No había tenido problema para masturbarme cuando John se fue. Pero más de un año después, mientras me tocaba en la cama, lo vi de pronto ahí suspendido en el aire, mirándome desde arriba con esa mirada suya verde y serena. Me sorprendió; era la primera vez que me pasaba. La rabia había abandonado mi cuerpo y los demás sentimientos estaban encontrando su camino de vuelta dentro.

El olor del coño de una mujer en sus propios dedos, escribí esa noche en mi cuaderno. Parecía importante.

Todo lo que había escrito durante el matrimonio pertenecía a partes iguales a John y a mí, puesto que California es un estado donde se rigen por la propiedad comunal. Pero todo lo posterior era mío.

La propiedad intelectual que yo había creado durante la vida de nuestro matrimonio se consideraba propiedad compartida a los ojos de la ley, así que, aunque John ganara cientos de miles de dólares más que yo, cada año del resto del acuerdo tendría que pagarle la mitad de lo que ganara por cuatro de mis libros. Él podría haber dejado que me quedara con el dinero, pero no lo hizo. Intenté olvidarme del tema. No podía cambiar la ley ni aunque quisiera, y podía funcionar en sentido contrario, si a algún infiel le daba por escribir el guion de una película de éxito mientras estaba casado; en el divorcio, la pardilla de su mujer se beneficiaría. Intenté sentir que ese supuesto compensaba el mío.

En una pausa de cinco minutos de una clase online miré el correo y vi un mensaje de la mediadora con el asunto *Fallo final*. La adrenalina me subió hasta la garganta. No podía abrirla; tenía otras dos horas de clase por delante.

Me pregunté si John sintió ese mismo miedo extraño a estar de pronto divorciado, pero claro que no; él llevaba ya varios años en una nueva relación.

Días después, sentí que mi mente empezaba a dejar espacio a cosas que no eran el divorcio. Esas otras cosas, conforme se abrían paso en mi conciencia —música, una ardilla en un árbol, el sol y el cielo—, se me antojaban nuevas y sin mancillar, como si nunca antes hubiera pensado en ellas.

Durante mucho tiempo creí que el matrimonio era algo que se me daba bien, y que cada aniversario que cumplíamos era un logro. Se me daba bien asimilar el maltrato. También en su momento se me había dado bien tocar el piano, pero cuando dejé los estudios sentí el mismo alivio.

John y yo nos abrimos cada uno una cuenta de banco nueva e intercambiamos los números. Él no sabía cómo leer el número de cuenta en el pie de sus cheques nuevos y me mandó una foto de un cheque para que yo se lo leyera. Lo hice pero no para ayudarlo. Lo hice para no tener que lidiar con el tema más adelante, cuando fallara alguna transacción económica.

La marea estaba alta y era un infierno andar por la arena, estaba húmeda y poco compacta, pero me arrastré un kilómetro y medio por la playa para que el niño viera las olas en el rompiente rocoso. A la vuelta, un perro lo persiguió y el niño se echó a llorar. La espalda y el cuello se me agarrotaron. Pero entonces aparecieron delfines.

Había muchísimas perspectivas distintas en esos catorce años, y cada una enseñaba algo nuevo, distinto. En cuanto soportaba mirarlo desde una dirección, descubría otra y tenía que reconfigurarlo todo una vez más.

Pronto, puede que a los cinco años de relación, John había dicho: *¿Solo estás conmigo porque soy moreno y guapo?*, y yo había respondido: *Los he dejado más morenos y guapos*, lo que era cierto. Pero comprendí entonces que había sido un subterfugio más. Ya por entonces sabía que lo que más me atraía de él era su cuerpo.

Quizá la relación de un hombre con cualquier otra persona solo pueda ser de rivalidad.

Habían pasado casi dos años, e independientemente de lo que yo no hubiera superado aún, no tenía claro si quería superarlo si el premio era tener que soportar otra vez la carga de un marido.

John me había enseñado una lección que parecía imborrable: que no había garantías. Que cualquiera podía hacerle cualquier cosa a cualquiera.

Quizá debería haber seguido mi instinto, hacía años, cuando anhelaba mudarme a una casita en el norte, yo sola a mi aire.

Mientras esperábamos a que el niño se pusiera los zapatos, John se quedó en mi salón, explicando algo con su arrogancia habitual, mientras se limpiaba las gafas de sol con el dobladillo de la camisa y dejaba a la vista un buen palmo de barriga, que tenía notablemente más fofa que hacía un año. El vello le había crecido y lo tenía desgreñado. Intenté no mirarlo.

John siempre había tenido el tic de frotarse los ojos cuando estaba emocionado por explicar algo, por demostrar su autoridad. El gesto nunca variaba. En cuanto empezaba a frotarse los ojos, yo me aburría en el acto.

Cuando uno es un mentiroso, siempre sabe algo que la otra persona no sabe. Quizá mentirme a mí hacía que John se sintiera más listo todavía.

Todo lo que me hizo, todas las mentiras…: creyó que estaba vengando una herida que yo le había infligido adrede. Debió de sentirse como una vela titilante, a punto de extinguirse.

La atención de Victoria reafirmaba para John que él existía, que él era importante, que se lo merecía todo, incluso la familia de ella. Incluso la familia de él. Imaginad lo bien que debía de sentar eso.

Al lado de Victoria, John no parecía un artista fallido o un marido infiel. Parecía un tipo tan valioso que era capaz de hacer que alguien tirara a la basura un matrimonio de veinticinco años.

Algún día el desprecio de John se colaría también en ese romance, pero eso ya no era problema mío.

Ahora estoy de pie a la sombra de un árbol.

Alguien ha dejado tres mitades perfectas de nuez en la rama más baja. Puede que las encuentre alguna ardilla con suerte. El niño las sobrepasa y sigue trepando. La luz del cielo empieza a irse.

No estoy pensando en John. No es parte de esto.

Estoy en un parque, que es un lugar sin palabras.

Estoy mirando un árbol con un niño subido, mi hijo, que ha salido de mi cuerpo y ha trepado tranquila y felizmente a un árbol. Estoy mirando hacia arriba, vigilándolo desde abajo.

Mi matrimonio ha terminado. Su último vestigio está ahora en ese árbol. Me siento en mi ser.

El niño se sienta en la copa y contempla el parque desde un cómodo asiento en lo más alto.

Es como si yo lo hubiera izado hasta allí.

El niño en el árbol mira el mundo a sus pies.

Él es el motor a través del cual yo aprendo qué es lo que queda de mi vida.

Recuerdo con qué desesperación tenía que aferrarme a la historia de mi matrimonio feliz. Costaba esfuerzo. Qué bien sentaba dejar de mentir.

Esa tarde en kárate me siento con una desconocida que normalmente trae a su hija a entrenar otro día de la semana. Hablamos de lo bueno que fue para nuestros hijos tener el dojo, incluso por internet, durante el largo confinamiento. Me oigo decir: *Yo me divorcié de mi marido el año pasado y al niño le fue de maravilla tener ese espacio estable y esa comunidad.*

No salta ninguna alarma; no hay atisbos de dolor. Al poco, ya estamos hablando de otra cosa.

AGRADECIMIENTOS

Me gustaría dar las gracias ante todo a Parisa Ebrahimi y a P. J. Mark, así como reconocer el generoso apoyo de Paige Ackerson-Kiely, Jim Behrle, Sam Chapman, Jean Connolly, J. D. Daniels, Elizabeth Doan, Amy Fusselman, Garry Gekht, Makenna Goodman, Andrew Sean Greer, Daniel Handler, Sheila Heti, James Kent, Jennifer L. Knox, Diane Kramer, Catherine Lacey, Erinn Lalezari, Tanya Larkin, Irene Lusztig, Frank Manguso, Judith Manguso, Jenny Moore, Mary Mount, Ted Mulkerin, Leigh Newman, Julie Orringer, Ed Park, Christa Parravani, Bobbie Poledouris, Alexa de los Reyes, Karen Gaul Schulman, Leanne Shapton, Eleanor Skimin, Susan Steinberg, Amanda Stern, Caeli Wulfson Widger, Antoine Wilson, los equipos de Hogarth y Janklow & Nesbit, y en particular a Tracy Schorn y a la comunidad de Chump Nation, un auténtico salvavidas.

Partes de este libro se incluyeron, en formas ligeramente distintas, en «Love», incluido en *Pets: An Anthology* (Tyrant Books, 2020), en edición de Jordan Castro.

Título original:
Liars

© 2024, Sarah Manguso

Todos los derechos reservados,
incluidos los derechos de reproducción
total o parcial en cualquier formato.

© de la traducción: Julia Osuna Aguilar

© 2026 Ediciones Alpha Decay, S.A.
Gran Via Carles III, 94 - 08028 Barcelona
www.alphadecay.org

Primera edición: marzo de 2026

Edición a cargo de Julia Echevarría

Maquetación del interior: Robert Juan-Cantavella
Maquetación de la cubierta y faja: Sergi Gòdia
Impresión: Imprenta Kadmos

THEMA: FBA
ISBN: 979-13-990564-8-8
Depósito Legal: B 3244-2026

Impreso en papel con certificación FSC®,
procedente de bosques gestionados de forma sostenible.

OTRAS OBRAS DE LA AUTORA

PUBLICADAS EN ALPHA DECAY

Gente muy fría

300 razones

En curso.
El final del diario

Los guardianes.
Una elegía

TÍTULOS RELACIONADOS

El final de la historia
LYDIA DAVIS

Asylum Road
OLIVIA SUDJIC

El papel pintado amarillo
CHARLOTTE PERKINS GILMAN

Love Me Tender
CONSTANCE DEBRÉ

Amo a Dick
CHRIS KRAUS